귀여우면 변태라도 좋아해 주실 수 있나요?

7

하나마 토모 지음

sune 일러스트

심희정 옮김

"후아암……어머? 좋은 아침, 케이키."

평소처럼 답한 후 느릿느릿 몸을 일으키는 사유키.
그 순간 덮여 있던 모포가 스르륵 떨어졌고,
그녀의 알몸이 드러났다.

정말 기분 좋아요!

기분 좋으니까

좀더 꾹꾹 눌러줄게요!"

"아앗, 실수한 노예를 길들이는 이 감각!♥

목차

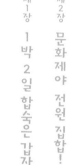

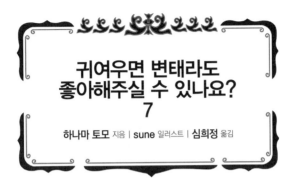

귀여우면 변태라도
좋아해주실 수 있나요?
7

하나마 토모 지음 | sune 일러스트 | 심희정 옮김

컬러, 본문 일러스트 | sune

"돈을 위해 모두가 섹시한 메이드복을 입어줬으면 좋겠어!"

10월 하순 목요일. 서예부 부실.

키류 케이키는 진지한 표정으로 최악의 대사를 읊어댔다.

""".............""""

당연히 착석한 3명의 여자부원들로부터 냉랭한 시선을 받는 결과가 되었다.

아주 차가워진 분위기 속에서 여성들을 대표해 유이카가 입을 열었다.

"그건 즉, 그런 뜻인가요? 우리한테 저속한 가게에서 일하라는 뜻? 발정한 중년 아저씨들을 상대로 음란한 봉사를 하라고?"

"오빠…… 역시 그건 좀 너무하다고 생각해."

"키류가 이렇게까지 최악일 줄은 몰랐어."

유이카의 말을 시작으로 미즈하와 마오가 실망한 듯 말했다.

"뭔가 오해하고 있는 것 같은데, 그런 거 아니야."

"그럼 설명해보시겠어요? 서예부 폐부를 저지하기 위해 우리한테 메이드복을 입히려는 이유를."

"물론이지."

케이키로서도 의미도 없이 메이드복을 권하고 있는 게 아

11

니었다.

자신이 생각한 플랜을 전하기 위해 다시 세 사람을 향해 입을 열었다.

"우리 서예부는 문화제에서 메이드 카페를 운영할 겁니다!"

"""메이드 카페?"""

"서예부를 폐부로부터 구하려면 사사로이 써버린 부비를 갚을 필요가 있으니까. 우리가 가게를 열어 그 수익을 변제에 활용하는 거야."

4명이 입을 바니복을 마련하기 위해 부정하게 사용한 부비였지만 이 자리에 있는 3명의 여학생은 이미 변제 목표를 세운 상태였고 나머지는 사유키의 의상비 '2만5천 엔'만 남은 상태였다.

하지만 사유키가 패밀리 레스토랑 알바에서 잘리게 되면서 사태는 급변.

변제 기한이 다가오는 와중에 알바 이외의 방법으로 자금을 조달해야 했다.

그 수단으로 케이키가 생각해낸 것이 메이드 카페였다.

"과연. 알바를 못한 만큼 문화제에서 벌어보겠다는 작전인 거야?"

"가게를 내는 건 이해하는데 평범한 카페는 안 되는 건가요?"

"축제를 즐기는 게 목적이라면 그것도 괜찮지만 이번에는 명확한 목표 금액이 있으니까. 손님들을 모으기 위해서라도 메이드복은 필수야."

"하지만 오빠, 메이드복을 입는다고 손님이 모일까?"

"물론이지. 메이드복은 남자들의 로망이니까."

"그, 그렇구나……."

다소 변태 같은 모습이 있긴 하지만 서예부 여학생들은 전원이 미소녀.

귀여운 메이드복을 입히면 손님들을 모으는 데에 상당히 효과가 있을 것이다.

"하지만 가게를 내려면 허가가 필요하잖아? 지금 신청하면 늦지 않을까?"

"출점 허가라면 회장님께 연락해뒀어. 물론 출점용 부실도 확보해뒀고."

"사전 교섭이 너무 빨라서 좀 무서울 정도인데……."

과거 유례가 없을 정도로 빠른 대처에 살짝 정색하는 난죠였다.

부실로 오기 전 케이키는 두 명의 인물에게 전화를 걸었다.

그 한 명이 학생회장인 타카사키 시호였고, 문화제에서 서예부가 출점하기 위한 허가를 받았다.

"처음에는 바니걸 카페를 하려고 했는데 타카사키 선배가 기각했어. 바니걸은 풍기를 문란하게 할 수 있기 때문에 아웃이라고."

"당연한 거 아닌가요……?"

"어쨌든 이제 시간이 없어. 문화제는 이틀 뒤로 다가왔으니까. 지금 당장 준비를 시작하지 않으면 시간을 맞출 수 없어."

그래, 서예부에게는 시간이 없었다.

학생회장이 정한 변제 기한은 이번 달 말.

문화제를 놓치면 자금조달 기회를 잃게 된다.

"어떻게든 모레까지 메이드 카페를 열 수 있게 해야 해!"

입안자의 열변에 서로 얼굴을 마주하는 여학생들.

그녀들의 표정이 서서히 밝게 변했다.

"그래. 따로 방법은 없는 것 같고."

"뭐, 어쩔 수 없지."

"서예부를 지키기 위해서니까요."

"좋아. 이야기가 정리됐으니 역할 분담을 해볼까?"

그렇게 말하며 케이키가 시선을 보낸 사람은 서예부 내에서 유일한 1학년생.

"우선 유이카가 미즈하와 난죠의 메이드복을 만들어줬으면 좋겠어."

"유이카가요?"

"응. 사유키 선배는 한 벌 갖고 있을 거고 유이카도 본인이 구입한 게 있잖아? 나머지는 미즈하와 난죠가 입을 옷인데 안타깝게도 의상을 구입할 만한 예산이 없어. 스케줄이 빠듯하겠지만 하룻밤 만에 집사복을 만들어내는 유이카라면 가능할 거야."

"알겠어요. 해볼게요!"

코가 유이카에게는 탁월한 재봉 기술이 있었다.

이틀이라는 빡빡한 일정 안에서 의상을 만들어낼 수 있는 건 그녀밖에 없었다.

"미즈하에게는 당일 조리와 실제로 손님들에게 제공할 메뉴 개발을 부탁하고 싶어. 메뉴 개수는 많지 않아도 되니까 최대한 쉽게 만들 수 있고 재료도 많지 않은 게 좋겠어."

"열심히 해볼게, 맡겨줘."

키류 미즈하의 요리 솜씨는 오빠인 케이키가 가장 잘 알고 있었다.

사랑하는 여동생이 직접 만든 요리는 가게에 내놓아도 부끄럽지 않을 레벨이었다.

"난죠는 선전 포스터를 그려줬으면 좋겠어."

"응, 알았어."

"실수로라도 남자들의 러브스토리는 그리지 말고."

"그, 그릴 리가 없잖아."

난죠 마오의 그림 실력은 프로급이었다.

이번에는 그 능력을 BL이 아닌 포스터에 발휘하기로 했다.

"그럼 케이키 선배는 뭘 하실 건가요?"

"난 프로듀서야. 내가 먼저 말을 꺼냈고. 당일은 학생회 업무도 있지만 최대한 카페에 얼굴을 내밀 생각이야."

케이키는 현재 임시 임원으로서 학생회에서 일하고 있었다.

그게 빌린 돈 변제를 기다려주는 대신 학생회에서 제안한 조건이었기 때문.

원래라면 오늘도 학생회 직무에 임해야 하지만 부회장의 친절로 휴가를 받았다.

그 덕분에 부원들을 모아 앞으로의 대책을 세울 수 있었다.

"나머지는…… 사유키 선배와 화해하는 건데……."

서예부 부장, 토키하라 사유키의 모습은 여기 없었다.

어젯밤의 싸움이 원인이 되어 소식이 끊어진 상태였다.

그녀가 없는 부실은 조각이 빠진 직소 퍼즐 같았고 역시 쓸쓸했다.

프로듀서로서 제대로 멤버들을 통솔할 수 있을지, 무사히 카페를 운영할 수 있을지 불안하지 않다고 한다면 거짓말이겠지.

하지만 이제 고개 숙이지 않을 것이다.

소중한 사람들이 웃는 얼굴로 지낼 수 있는 그런 미래를 포기하지 않기로 결심했으니까.

"그럼 여러분, 문화제를 향해 준비 개시!"

"""라저!!"""

메이드 카페를 성공시켜 서예부를 폐부로부터 구한다.

같은 목표를 가진 동료들이 각자의 역할을 다하기 위해 움직이기 시작했다.

커튼이 닫힌 방에서 사유키는 침대에 몸을 맡기고 있었다.

파자마 차림에 엎드린 상태로 얼마나 시간을 보냈을까.

어젯밤 일 때문에 꾀를 부려 쉬기로 했지만 그건 문제를 뒤로 미룬 것일 뿐, 결과적으로는 무엇 하나 해결되지 않았다.

서예부 일도, 케이키와의 일도, 정말 무엇 하나…….

"……하아."

한숨을 쉬며 베개에 얼굴을 꽉 묻었다.

어두운 방 안에서 가라앉아 있는데 머리맡에 놔둔 스마트폰이 희미하게 빛났다.

"또 착신…….""

아까부터 몇 번이나 스마트폰이 진동했지만 확인할 마음은 들지 않았다.

그럼에도 불구하고 전원은 꺼두지 않았다니, 정말 다루기 힘든 상대였다.

문자는 무시하면서 관계는 끊지 못하는 겁쟁이.

어제 방과 후, 중앙 정원에서 아야노의 머리를 쓰다듬는 케이키를 봤을 때도 머리가 새하얘져 그 자리에서 도망치고 말았다.

"그런 모습을 보여주면 당연히 질투할 수밖에 없잖아…….""

좋아하는 후배가 다른 여자와 다정해 보이는 현장을 목격

하고 만 것이다.

평정심을 유지한다는 건 무리한 일이었고 그게 신경 쓰여 일이 손에 잡히지 않는 상태가 된 탓에 근무 중에 식기를 깨트리고 알바에서 잘리고 말았다.

게다가 걱정돼서 와준 케이키를 말다툼 끝에 화나게 만들기까지.

"난 대체 뭘 하고 있는 거지……?"

그가 자신이 아닌 누군가의 머리를 쓰다듬는 건 싫었다.

여동생인 미즈하는 가족이니까 이해할 수 있지만 유이카나 아야노는 당치도 않았다.

케이키의 펫이 되고 싶은 사유키는 그가 다른 여자를 귀여워하는 걸 원치 않았다.

"……케이키, 후지모토랑 같이 있을 때 즐거워 보였어."

유이카의 말대로 이대로라면 부비를 갚는다고 해도 그는 돌아오지 않을지 모른다.

물론 그건 싫었다.

풋내기 학생회 임원에게 소중한 주인님 후보를 빼앗기고 싶지 않았다.

"하지만 나에게 케이키를 말릴 자격 같은 건……."

케이키가 임시 임원이 되는 원인을 제공한 건 사유키 자신.

학생회에 빚을 만든 것도, 그가 서예부를 떠나게 된 것도 전부 자신의 실수가 불러일으킨 일.

그런 자신이 꼭 돌아와 줬으면 좋겠다고 말할 수 있을까?

유이카와 부원들이 결행한 케이키 탈환 작전에 참가하지 않았던 것도 자신에게 그를 말릴 권리는 없다고 생각했기 때문이었다.

그런데 막상 케이키에게 '학생회가 더 좋아요'라는 말을 들으니 가슴이 아팠다.

도착한 메시지를 확인하지 않는 건 무서워서였다.

어쩌면 '서예부를 관두고 학생회에 들어갈게요.'라는 작별의 내용일지도 모른다.

그렇게 생각하니 도저히 읽을 용기가 생기지 않았다.

이렇게 도망쳐봤자 상황은 바뀌지 않는데…….

이대로면 서예부가 사라질지도 모르는데…….

머지않은 시일 내에 반드시 찾아올 미래를 상상하며 눈에 눈물이 맺혔다.

"……케이키 따위 평생 동정으로 살 거야."

"……역시 사유키 선배에게선 답장이 없는 건가?"

부실에서의 회의가 끝난 지 1시간 후인 오후 6시 무렵.

집으로 돌아와 실내복으로 갈아입은 케이키는 불이 켜진 거실 소파에 앉아 검은 머리의 상급생과 교신하려고 스마트폰과 눈싸움을 하고 있었다.

애용하는 단말기를 손에 들고 대기했지만 목표로 한 인물에게서 답장은 전혀 없었다.

오늘은 학교도 쉰 것 같고 완전히 연락두절 상태였다.

부엌에서 양배추를 썰면서 옷 위에 앞치마를 걸친 미즈하가 말을 걸었다.

"오빠, 토키하라 선배에게 뭐라고 했어?"

"아니, 그게…… 처녀 선배라고…….”

"아…… 그건 오빠가 잘못했네."

"하지만 나도 동정이라는 말을 들었단 말이야."

"이런, 예상외로 같은 레벨이었네."

"뭐, 아마 사유키 선배가 화가 난 건 그 포인트가 아니겠지만…….”

그 사람은 처녀라는 말을 들은 정도로 화를 낼 인물이 아니었다.

사유키를 상처 입힌 건 '서예부보다 학생회가 더 좋다'는 그녀의 소중한 것을 부정하는 말―.

(난 정말 최악이야…….)

어떤 사정이 있었다고 해도 여자를 울리고 만 건 사실.

그녀의 눈물을 떠올리자 후회로 가슴이 미어졌다.

"토키하라 선배가 빨리 돌아왔으면 좋겠는데."

"그러게."

"화해했으면 좋겠다."

"그래, 그걸 위해서라도 노력해야지."

아무리 후회해도 과거의 실패는 없어지지 않는다.

그렇기 때문에 미래의 그녀를 웃게 해주기로 한 것이다.

할 수 있다면 부원 모두와 함께 문화제를 맞이하고 싶은데 그건 자신의 노력에 달린 거겠지.

"시간이 부족해서 미안하지만, 메뉴는 만들어낼 수 있을 것 같아?"

"음……역시 굽기만 하면 되는 게 제일일 것 같아. 야키소바나 오코노미야키 같은. 가루 종류는 재료를 준비해두면 조리 시간도 단축시킬 수 있고."

"메이드 카페라면 오므라이스도 빠질 수 없겠지."

"아, 그렇구나. 오므라이스는 필수겠네."

야채를 썰고 있던 칼을 놔두고 노트에 메모하는 미즈하.

그러다 문득 무슨 생각이 떠오른 건지 그녀가 고개를 들었다.

"그러고 보니, 당일 식재료는 어떻게 할 거야? 지금부터라면 업자에게 부탁해도 늦을 텐데……."

"그건 문제없어. 코하루 선배가 차를 빌려주기로 했으니까."

"뭐? 오오토리 선배가 운전하는 거야?"

"아니, 운전은 오오토리 가의 운전기사분이 해주실 거야. 역시 코하루 선배에게 운전은 무리니까."

나이를 생각하면 면허를 갖고 있다고 해도 이상하진 않지만 그건 어쨌든.

학생회장에게 출점 허가를 받은 후 코하루에게 전화를 걸어 차를 빌려줄 수 없는지 상담했다.

갑작스러운 부탁임에도 불구하고 상냥한 선배는 흔쾌히 승낙해주었다.

"미즈하가 내일, 코하루 선배와 슈퍼에서 식재료 좀 조달해줘. 양이 많겠지만 쇼마도 도와줄 것 같으니까 인원은 걱정할 것 없어."

"……."

"미즈하?"

"아, 아니……왠지 오빠, 정말 대처가 빠른 게 좀 놀라워서."

"학생회에서 일을 해서 그런가? 그런 건 사전에 준비해두는 버릇이 생긴 것 같아."

여러 가지로 바쁜 학생회에서는 효율적으로 움직이지 않으면 일이 돌아가지 않는다.

문화제까지 이틀 남은 상황에서 가게를 열려면 이 정도는 하지 않으면 시간에 맞출 수 없었다.

"나도 메뉴 개발 열심히 해야겠다."

"믿고 있어."

그런 대화를 나누던 남매는 서로 마주 보며 웃었다.

그때, 절묘한 타이밍으로 손님을 알리는 인터폰이 울렸다.

"아, 온 것 같은데."

자리에서 일어난 케이키가 현관으로 나갔다.

문을 열었을 때 그곳에 서 있던 건 큰 가방을 든 두 명의 여학생.

"안녕……."

"오늘 하루 신세 좀 지겠습니다."

팬츠 룩의 난죠 마오와 치마를 입은 코가 유이카가 좀 긴장된 얼굴로 인사를 건넸다.

"……신은 불공평해요."

몇 분 후, 키류 가의 거실에서.

줄자를 손에 들고 미즈하의 가슴둘레를 재면서 유이카가 한탄의 말을 내뱉었다.

"어째서……어째서 신은 여성을 빈유와 글래머로 나눈 걸까요?"

"어느 쪽에도 속하지 않는 중간 정도의 사람도 있잖아."

"유이카가 볼 때 중간 정도라고 해도 충분히 글래머로 보여요."

자신의 의견을 주장하며 콧김이 거칠어지는 금발 소녀.

모든 글래머는 적이라고 말하는 유이카에게 옷을 입으면 말라 보이는 타입인 미즈하의 가슴은 적이라고 인정하기에 충분한 사이즈인 듯했다.

"미즈하 선배는 착하고 예쁜데 가슴까지 있다니, 너무 부러워요."

"유이카도 머리칼이나 눈동자도 예쁘고, 작은 몸집도 여성스럽고 귀엽다고 생각해."

"네? 아……감사합니다…….

미즈하의 생각지도 못한 반격(?)에 깜짝 놀란 걸까?

얌전하게 중얼거린 유이카가 작업을 재개했고 줄자를 사용해 팔 길이나 허리둘레 등을 꼼꼼히 확인했다.

"음……후훗, 유이카, 간지러워."

"아, 움직이면 안 돼요."

후배의 손이 민감한 부분에 닿은 듯 미즈하가 몸을 비틀었다.

그런 미즈하를 유이카가 나무라는 흐뭇한 광경을 소파에 앉은 케이키와 마오가 멍하니 바라보고 있었다.

"뭐야, 치수는 옷 위로도 잴 수 있구나."

"속옷 차림으로 할 줄 알았어? 키류 변태구나."

"변태에게 변태라는 말을 듣다니…….'

"그건 그렇고, 키류네 집에서 합숙을 하게 될 줄이야."

"문화제까지 시간이 없으니까. 다들 같은 장소에 있으면 연계도 하기 쉽고, 문제가 발생해도 바로 조정할 수 있어."

부실에서의 회의 이후 케이키는 작업 효율을 생각해 합숙을 제안했다.

메이드복을 만들기 위해 미즈하와 마오의 치수를 잴 필요도 있었고, 그녀들로부터도 반대하는 말은 나오지 않았다.

"그리고 나와 미즈하만으론 그걸 처리하기 힘드니까……."

"응? 그거라니?"

"아니……뭐, 금방 알게 될 거야."

"대체 무슨 말이야……?"

애매한 대답에 수상쩍은 얼굴을 하는 동급생이었지만.

"그럼 이번에는 마오 선배 차례네요."

"아, 응……."

마침 미즈하의 치수 측정이 끝난 듯 후배에게 이름이 불리자 마지못해 자리에서 일어났다.

그리고 그녀는 웬일인지 검처럼 예리한 시선을 케이키에게 보냈다.

"키류, 내 사이즈를 보면 잠재워버릴 거야."

"안 봐."

"키류는 운 좋은 변태의 달인이니까 믿을 수 없어."

"운 좋은 변태의 달인이 대체 뭐야?!"

불명예스러운 칭호를 부여받고 전율하는 케이키를 향해 '흥'이라고 코웃음을 치며 신체 측정을 시작하는 마오.

그녀와 교대해서 미즈하가 오빠 옆에 앉았다.

"아하하, 유이카가 여러 가지 사이즈를 재줬어."

"왠지 기분이 좋아 보이는데."

"그치만 우리 집이 이렇게 북적이는 건 드문 일이니까."

"……그렇지."

키류 가는 부모님이 바쁘셔서 거의 오지 않기 때문에 훨씬 전부터 오빠와 여동생 둘이 살고 있었다.

집이 이렇게 떠들썩한 건 오랜만일지도 모르겠다.

기뻐 보이는 여동생을 보고 있으니 이쪽까지 기뻐졌다.

그리고 아무래도 기분이 좋은 건 미즈하뿐만이 아닌 듯했다―.

"흥흥흐~응♪ 네, 마오 선배, 팔을 들어주시겠어요?"

남매의 시선 끝에선 유이카가 즐거운 듯 마오의 치수를 재고 있었다.

어지간히 옷 만드는 게 좋은 건지, 아니면 치수 측정 자체가 즐거운 건지, 텐션이 높아진 후배가 줄자를 감자 마오가 입을 열었다.

"……저기, 유이카?"

"왜요?"

"부탁이 있는데, 내 옷은 치마 길이를 좀 길게 만들어주면 안 될까?"

"네-? 안 돼요. 부끄러운 건 다들 똑같으니까요"

"요구를 들어주면 다음에 비장의 BL 책을 너한테 줄게. 그럼 되겠지?"

"될 리가 없잖아."

"아얏?!"

자리에서 일어난 케이키에게 머리를 맞고 마오가 머리를 손으로 감쌌다.

그녀가 유감스러운 시선을 보냈지만 이번 일은 완벽하게 그녀 잘못이었다.

"후배에게 썩은 거래를 제안하면 안 되지."

"으음……하지만 너무 짧으면 부끄럽잖아."

"평소 치마를 극한까지 짧게 만드는 소녀가 무슨 말을 하는 건지."

"교복과 메이드복은 달라!"

같은 치마라고 해도 교복과 메이드복은 다른 듯했다.

이것 또한 복잡한 소녀의 마음이겠지.

"후후후, 그럼 마오 선배의 옷은 특별히 미니스커트 형태로 만들게요."

"그러지 마!!"

장난기 가득한 미소를 짓는 후배에게 마오가 애원했다.

재미있으니 방관하는 것도 괜찮았지만 일단 매니저로서 도움을 주기로 했다.

"뭐, 섹시한 메이드복이라고는 했지만 문화제는 학교 행사니까. 너무 노출도가 높으면 문제가 될 테니 그런 건 밸런스를 잘 맞춰서 만들어줘."

"알겠습니다! 문제가 되지 않을 아슬아슬한 길이를 추구

해볼게요!"

"추구 안 해도 되는데……."

포기한 듯 어깨를 떨구는 난죠.

마오의 치수 측정이 끝난 후 멤버들은 각자의 작업에 들어가게 되었다.

유이카는 옷 만들기에 필요한 모형 본을 제작하기 시작했고 마오는 포스터용 도화지에 연필로 초안을 그렸다.

미즈하는 계속해서 부엌에서 메뉴 개발에 돌입.

"나도 일을 해야겠네."

식탁 의자에 앉은 케이키는 부실에서 갖고 온 노트북을 열었다.

학생회장에게 허가는 받았지만 음식물을 다루는 경우, 위생적인 면이나 안전적인 면을 확인하기 위한 서류 제출이 필수였다.

내일까지 기획서를 정리해야 했고, 그 외에도 경비를 계산하거나 메뉴표를 작성하는 등 매니저로서 해야 할 일은 산더미처럼 있었다.

그렇게 작업을 개시한 지 1시간 정도 지났을 무렵.

"꽤 늦어졌지만 슬슬 저녁을 먹을까?"

부엌에서 나온 미즈하가 웃는 얼굴로 그렇게 말했다.

셰프의 말에 마오와 유이카가 재빨리 반응했다.

"그 말을 기다렸어!"

"미즈하 선배의 요리, 맛있어서 너무 좋아요!"

미즈하의 실력을 아는 부원들이 들떠 있는 가운데 케이키만은 전장에 나가는 병사 같은 얼굴로 '드디어 온 건가……'라고 중얼거렸다.

다행히도 나머지 부원들은 아직 모르는 것 같았다.

앞으로 시작될 식사가 단순한 저녁이 아니라 문자 그대로 '지옥의 연회'라는 것을―.

"맛은 어때?"

"맛있어요, 하지만……."

"역시 이 양은 무리가 있는데……."

"미즈하는 요리 개발을 시작하면 멈추지 못하니까……."

4명이 둘러앉은 식탁에 늘어서 있는 건 대량의 요리였다.

재료가 잔뜩 들어간 야키소바와 고소한 소스 냄새가 진동하는 오코노미야키.

치킨라이스를 폭신폭신한 계란으로 감싼 오므라이스 등이 비좁을 정도로 놓여 있었다.

그 많은 양에 미즈하 이외의 멤버들은 완전히 전의를 상실한 상태였다.

그래, 이거야말로 합숙을 개최한 최대의 이유.

미즈하는 한 가지에 지나치게 열중하는 성격이라 새로운 레시피에 도전할 때마다 요리를 너무 많이 만들곤 했다.

메뉴 개발 과정에서 만들어진 대량의 시제품, 그걸 소비하려면 남매 둘이서는 위장이 부족했기 때문에 무슨 일이 있어도 인원을 모을 필요가 있었다.

"남으면 내일 아침밥으로 할 거니까 괜찮아."

"유이카가 뒤룩뒤룩 살찌는 미래가 보여요……."

"우연이네. 나에게도 보이는데……."

"난 이걸 다 먹으면 욕실 청소를 할게……."

미즈하의 요리로 배가 빵빵해진 후 멤버들은 다시 작업을 재개했다.

유이카는 재봉틀로 옷을 만들었고 마오는 포스터에 색을 칠했고 미즈하는 필요한 식재료를 노트에 정리했다.

케이키는 사망 플래그 기미로 내뱉은 선언대로 욕실 청소를 수행.

욕실을 반짝반짝하게 만들고 거실로 귀환했다.

"욕실 물 데워놨는데 누구부터 들어갈래?"

"오빠가 먼저 들어가."

"그래요. 청소를 해준 사람이 먼저 들어가야 한다고 생각해요."

"이의 없어."

"그래? 그럼 사양 않고."

오늘은 여학생들밖에 없었기 때문에 케이키로서는 마지막이라도 상관없었지만 그녀들의 온정으로 가장 먼저 욕실을 쓸 수 있게 되었다.

　탈의실로 들어간 케이키는 옷을 벗고 욕실로.

　머리를 감고 몸을 꼼꼼히 씻은 후 욕조에 몸을 담갔다.

　"하아……."

　뜨거운 물이 지친 몸에 딱 좋았다.

　다만 이렇게 혼자가 되면 아무래도 '그녀'를 생각하게 된다.

　"……사유키 선배, 어떻게 지내고 있을까?"

　문자에 답장이 없는 건 아직 화가 나 있다는 증거겠지.

　직접 만나서 이야기하고 싶지만 학교를 쉬고 있으니 그것
도 어려웠다.

　"이 상태라면 내일 이후로도 학교엔 오지 않을 것 같은
데……."

　어쩌면 문화제 때도 사유키 없이 카페를 운영하게 될지도
모른다.

　"내가 정신을 바짝 차려야 해……."

　매니저가 제대로 하지 않으면 나머지 부원들도 불안해질
것이다.

　약해진 모습은 절대로 보여줄 수 없었다.

　"좋아, 슬슬 나갈까?"

　아직 일은 산더미처럼 쌓여 있었다.

　너무 느긋하게 있을 순 없었다.

　입욕을 끝내고 재빨리 옷을 갈아입은 케이키는 다시 거실

로 향했다.

그런데 문이 살짝 열려 있고 안에서 이야기 소리가 들려
왔다…….

"─케이키 선배, 정말 열심히 하는 것 같아요."

"─메이드복을 입어줬으면 좋겠다는 말을 들었을 때는 어
떻게 될지 걱정했는데."

"─뭐, 그것도 서예부를 위해서였으니까."

대화 속에 들어가 있는 나의 이름.

이건, 설마─.

"……나에 대해 이야기하고 있는 건가?"

대화 내용이 신경 쓰인 케이키는 문틈으로 안을 살펴보기
로 했다.

아무래도 휴식을 취하고 있는 듯, 세 사람은 소파에 앉아
차를 마시며 이야기를 나누고 있었다.

"뭐, 하지만 키류를 좀 다시 보게 된 것 같아."

"학생회에 들어간 이후 믿음직스러워진 것 같지?"

"그러게요. 역시 유이카의 노예다워요."

(아니, 노예는 아닌데…….)

노예는 아니지만 그렇게 직접적으로 칭찬을 받으니 좀 쑥
스러웠다.

자랑스러운 듯한 유이카의 발언에 마오가 짓궂은 얼굴로
말했다.

"확실히 믿음직스러워졌어. 어쨌든 도S인 유이카를 울릴 정도인걸."

"그러니까 안 울었다고 했잖아요! 그런 거라면 마오 선배도 복수를 하려다가 도리어 당했으면서!"

"뭐?! 도리어 당한 적 없거든!"

"탈환 작전에 대해 떠올리게 하지 마…… 부끄러워서 죽어버릴 거야……."

"미즈하 선배는 정말 무슨 일이 있었던 거예요……?"

뭔가 괴로운 과거를 떠올리는 듯 미즈하가 양손으로 얼굴을 감쌌다.

그저 지금은 그것보다 여동생이 입 밖으로 꺼낸 말이 신경 쓰였다.

(탈환 작전……?)

그리고 보니 모두가 연이어 이상한 행동을 했던 날이 있었다.

그건 분명 지난 주 중간고사 전날.

마오가 '가슴을 만져도 돼'라는 그녀답지 않은 말을 꺼냈고.

유이카가 눈가리개 플레이를 하려고 계획을 꾸미고.

미즈하에 이르러서는 오빠의 팬티를 킁킁거리기까지 했다.

변태 소녀들이 폭주하는 건 늘 있는 일이라 특별히 의문을 품지 않았는데…….

(설마…… 날 학생회로부터 되찾으려고 한 거야?)

그래서 탈환 작전.

아무래도 그녀들의 의심스러운 행동은 그 작전의 일환이었던 것 같다.

(어쩌면 내가 고민하고 있던 걸 눈치챘을지도 몰라…….)

계기는 후지모토 아야노에게 '학생회에 남았으면 좋겠다'는 말을 들은 것.

서예부로 돌아갈 것인가.

아니면 정식 학생회 임원이 될 것인가.

계속 고민했지만 이미 마음은 정한 상태였다.

그렇게 케이키가 생각을 하고 있는 사이 걸즈 토크는 전혀 다른 이야기로 옮겨갔다.

"미즈하는 쉬는 날 주로 뭐 해?"

"음…… 오빠 방을 청소하거나 오빠가 먹을 음식을 만들거나 오빠 빨래를 개거나?"

"미즈하는 뭐야? 키류 엄마야?"

"오빠를 보살피는 건 나의 취미 같은 거니까."

"취미라니……너, 그거 분명 이상하다고 생각해…….."

"그래? 보통이라고 생각하는데."

"아뇨, 전혀 보통이 아니라고 생각해요."

"뭐, 애초에 난 의붓여동생이니까 그런 시점에선 평범한 남매가 아닌 걸지도."

"무거워! 무겁다고!"

"그런 의미로 말한 건 아니에요!"

"후후, 알고 있어."

지뢰를 밟았다는 걸 깨닫고 당황하는 마오와 유이카.

그런 두 사람과는 대조적으로 미즈하는 즐거워 보였다.

얌전해 보이는 여동생은 꽤 대화하는 걸 좋아했다.

"키류를 보살피는 것 이외에 따로 하는 건 없어? 진지한 취미에 시간을 쓴다거나."

"영화는 꽤 많이 보는 것 같아. 영화관에 가는 것보다 DVD를 빌릴 때가 더 많지만."

"오오, 괜찮은데? 나도 꽤 보는 편이야. 마초 같은 남자들이 많이 나오는 액션 영화를 보면 순조롭게 망상할 수 있으니까 기분을 고조시키고 싶을 때 최고거든."

"미안, 그런 시점에서 영화를 본 적은 없는 것 같아."

"뭐-? 반라의 남자들이 땀투성이로 배틀하는 장면을 보면 흥분되지 않아?"

"남자가 반라로 되는 영화는 잘 안 봐."

"그럼 전라는?"

"더 안 보지. ……아, 하지만. 얼마 전에 오빠의 알몸은 본 적 있어."

"키류의 알몸?!"

"그게 무슨 말이에요?!"

미즈하 아가씨의 문제적 발언에 마오와 유이카가 함께 몸을 쑥 내밀었다.

"좀 생각할 게 있어서 오빠랑 같이 씻으려고 욕실에 돌입한 적이 있는데."

"뭐? 저기? 잠깐만? 무슨 사정이 있으면 그런 전개가 펼쳐지는 건데?"

"아, 그때는 물론 나도 알몸이었어."

"미즈하 선배, 너무 대담해요…….."

그 장면을 상상한 건지 의외로 순진한 부분이 있는 유이카가 뺨을 붉게 물들였다.

(그러고 보니 그런 일도 있었네…….)

별장에서의 합숙이 끝날 무렵이었는데 오빠가 입욕 중에 미즈하가 욕실에 들어왔었다.

그것도 수건으로 앞쪽만 가린 선정적인 모습으로.

"그 이후 여러 가지 일이 생겨서 오빠가 허리에 감고 있던 수건이 떨어졌었어. 그래서 오빠의 중요한 부분을 목격하고 말았지."

"".…….""

생생한 고백에 뺨을 붉힌 마오와 유이카가 침을 꿀꺽 삼켰다.

"……키류의 그걸 봤어?"

"응. 선명하게."

"어, 어땠어……?"

"유, 유이카도 신경 쓰여요."

"그러니까—."

"잠깐, 잠깐, 잠깐?! 그 이상은 안 돼!!"

케이키, 참지 못하고 거실로 돌입.

형세가 수상해진 걸즈 토크에 개입해 아주 예민한 정보 유출을 전력을 다해 저지했다.

◇

다음 날인 금요일은 눈이 핑핑 돌 정도로 빠르게 시간이 흘러갔다.

문화제 전날이라 모든 수업이 면제되었고 전교생이 축제 준비에 쫓겼는데 물론 학생회 멤버들도 풀가동.

임시 임원인 케이키도 파트너인 아야노와 함께 교내를 분주하게 뛰어다녔다.

그리고 메이드 카페 매니저로서도 활약하면서 조금이라도 시간이 생기면 출점 장소인 교실로 찾아가 개점 준비를 도왔다.

"아, 케이키 선배, 마침 잘 왔어요. 자리 배치 말인데요, 이런 느낌이면 될까요?"

"조금 더 동선이 넓은 게 좋지 않을까? 자리 자체는 별로 없지만 점원들이 움직이기 쉬워야 하니까."

"그렇군요. 알겠습니다!"

"나도 도울게."

유이카와 자리 위치를 조정하고 있는데,

"다녀왔습니다~."

식재로 조달 때문에 외출했던 멤버들이 쇼핑백을 손에 들고 돌아왔다.

요리장을 맡은 미즈하와 쇼마와 코하루까지 함께였다.

"수고했어, 미즈하. 쇼마랑 코하루 선배도 고마워."

"곤란할 때는 서로 도와야 하니까."

"네, 얼마든지 도와줄게요."

가게 개업 준비에 코하루와 쇼마도 조력자로 급히 달려와 주었다.

막 돌아온 미즈하는 바로 비품인 휴대용 가스버너와 가열판 등을 체크하고 조리장 세팅을 시작했다.

마오는 사다리를 사용해 묵묵히 가게를 장식하고 있었다.

참고로 그녀가 그린 포스터는 이미 교내에 다 붙여두었다.

역시 메이드복 두 벌은 하룻밤 만에 완성하지 못했지만 의상 담당인 유이카에 의하면 내일 개점에는 늦지 않을 것 같았다.

가게에서 내놓을 메뉴도 결정됐고 준비도 드디어 막바지

로 접어들고 있었다.

"좋아, 라스트 스퍼트 힘내자!"

"""""""오오-!!"""""""

그렇게 일에 쫓기며 맞이한 방과 후.

"하아……진짜 힘들다…….."

아무도 없는 학생회실에서 케이키가 추욱 늘어진 상태로 테이블에 엎드려 있었다.

메이드 카페는 무사히 설치를 끝내고 부원들은 전부 집으로 돌아갔다.

학생회 멤버들도 용건 때문에 교무실로 향한 회장 이외에는 전부 다 집으로 돌아갔지만 케이키는 피로 때문에 한 발자국도 움직일 수 없어서 어쩔 수 없이 잠시 휴식을 취하기로 했다.

학생회 업무에 카페 준비까지 너무 바빠 제대로 쉬지도 못하고 일한 반동이 늦게 찾아온 듯했다.

그런 느낌으로 체력회복에 힘쓰고 있는데 학생회실 문이 열리고 시호가 돌아왔다.

"어라? 케이키, 아직 남아 있었어?"

"네, 좀 쉬고 가려고요."

"그래? 오늘은 많이 바빴으니까. 졸음을 쫓을 수 있게 커피라도 타줄까?"

"아, 그런 거라면 제가—."

"아니, 됐어. 누나한테 맡겨."

윙크를 하며 커피포트가 있는 곳으로 향하는 학생회장.

컵을 두 개 준비하고 콧노래를 부르며 커피를 타는 그녀의 모습을 보고 있는데 화아악 좋은 향기가 부실 안에 퍼졌다.

"자, 마셔."

"감사합니다."

감사의 말에 빙긋 미소 짓는 시호도 의자에 걸터앉았다.

둘이서 방금 만든 커피를 마시며 동시에 휴우 하고 한숨을 내쉬었다.

"가게 준비, 늦지 않아서 다행이야."

"그러게요. 모두가 열심히 해준 덕분이죠."

"어제 갑자기 가게를 내고 싶다는 말을 해서 깜짝 놀랐어."

"보통은 이틀 전에 신청하지 않으니까요. 굉장히 바쁜 시기인데 어제는 쉬어서 죄송했어요."

"어쩔 수 없지. 사정이 사정이니 만큼."

전화를 걸었을 때 시호에게는 서예부가 처해 있는 상황을 설명했다.

출점 허가를 받는 이상 사정을 설명하지 않으면 안 되니까.

사유키가 알바에서 잘리게 된 것을 전하고 돈을 모으기

위해 카페를 열고 싶다고 상담했을 때 그녀는 바로 허가를
해주었다.

"케이키도 힘들겠다. 임시 임원과 매니저를 겸임하려면."

"그러게요. 실제로 고양이 손이라도 빌리고 싶을 정도예요."

"문화제 당일 업무는 순찰 정도니까 뭣하면 계속 서예부
쪽에 있어도 돼."

"감사하지만 그럴 수는 없어요. 부비를 갚을 때까지는 학
생회 업무를 돕기로 약속했고."

"케이키는 정말 성실하다니까. 그런 모습이 누나는 굉장
히 좋다고 생각해."

농담 섞인 말투로 미소를 짓는 상급생.

그리고 그녀는 어딘가 쓸쓸한 듯 컵의 가장자리를 손가락
으로 문질렀다.

"케이키 같은 후배도 있고 토키하라가 부러워."

"네?"

"아니, 케이키가 열심히 하고 있는 건 토키하라를 위해서
잖아? 사적으로 부비를 사용했다는 걸 알았을 때도 필사적
으로 감싸려고 했고. 토키하라에게 소중한 장소니까 케이
키는 서예부를 지키려고 하는 거지?"

"……그렇죠."

소중한 사람이 소중하게 아끼는 걸 지키고 싶다.

그 감정이 지금 키류 케이키를 움직이고 있는 원동력이

었다.

"케이키는 토키하라를 좋아해?"

"네?"

생각지도 못했던 질문에 순간 사고가 정지되었다.

"아뇨, 아니, 아니, 아니. 그렇지 않아요."

"오오, 굉장한 기세로 부정하는구나."

"그거야 사유키 선배는 미인이고 조용히 있으면 청초해 보이고 스타일도 발군이고 제 취향에 딱 맞는 사람이긴 하지만요."

"취향에 딱 맞는 사람이구나."

"하지만 선배와는 서로의 취미가 절망적으로 맞지 않아요."

"그래?"

그렇답니다.

주로 성벽이라든가, 성벽이 전혀 맞물리지 않아요.

"애초에 다들 사유키 선배를 오해하고 있어요. 완벽해 보이지만 의외로 빈틈도 많고 비교적 덜렁대고, 가끔 초등학생처럼 시시한 장난을 치기도 하고―."

게다가 시호에게는 말할 수 없지만 그 사람은 도M의 변태 소녀였다.

"뭐, 어쨌든 사유키 선배는 그런 사람이 아니에요."

"흐음? 그래?"

이야기를 듣던 시호가 히죽거리며 웃었다.

그건 정말 굉장히 재미있는 듯 히죽거렸다.

"……뭐예요? 그 얼굴은?"

"아니? 그냥 토키하라를 자세히 보고 있구나 싶어서."

"놀리지 마세요……."

"그래서? 사실은 어떻게 생각해?"

"……뭐, 이러니저러니 해도 그냥 내버려 둘 수 없는 사람인 건 확실해요."

연애감정의 유무는 둘째 치고 사유키가 소중한 사람인 건 틀림없었다.

이만큼의 단점을 들 수 있는데도 아직 정나미 떨어지지 않은 게 그 증거였다.

"토키하라랑 화해할 수 있었으면 좋겠다."

"전 그렇게 하고 싶은데. 사유키 선배는 오늘도 학교를 안 나왔고, 문자에 답장도 없고. ……아마 아직 화가 나 있는 거 아닐까요?"

"괜찮을 거야. 케이키가 열심히 하고 있다는 걸 안다면 토키하라도 분명 기뻐할 거야."

"타카사키 선배……."

"게다가 연락을 취할 거라면 좋은 방법이 있어."

"좋은 방법?"

케이키가 되묻자 시호가 장난기 가득한 윙크를 보냈다.

"무작정 토키하라의 집으로 돌격하는 거야."

학교를 뒤로 한 케이키는 시호의 조언에 따라 사유키의 집을 찾았다.

"여전히 큰 집이네……."

10월 하순의 해는 짧았고 겨우 5시가 좀 넘은 무렵이었는데도 하늘은 이미 오렌지빛으로 물들어 있었다.

해 질 녘의 주택가에 그녀의 집은 유유히 자리 잡고 있었다.

토키하라 가는 역사를 느끼게 하는 멋진 저택이었다.

1층 단독주택이었지만 그런 걸 느낄 수 없는 중후함이 있고 과연 유서가 깊은 것 같은 분위기를 자아내고 있었다.

"여자의 집을 방문하는 건 엄청 긴장되는 일이구나……."

상급생의, 그것도 이성의 집을 방문하는 건 꽤 레벨이 높았지만 여기까지 와서 되돌아갈 수는 없었다.

심호흡을 한 번 하고 뜻을 정한 후 인터폰을 눌렀다.

가슴 두근거리며 기다리고 있는데 달그락거리며 미닫이가 열렸다.

"네, 네. 누구시죠?"

미닫이 너머로 나타난 건 사유키가 아니라 그녀보다 좀 어린 듯한 검은 머리의 소녀였다.

몸에 걸치고 있는 건 선명한 붉은색 기모노.

윤기 있는 검은 머리를 뒤로 둥글게 말아 올려 묶고 있었다.

입술 끝에 점이 있고, 이런 말을 하는 건 실례겠지만 가슴 사이즈는 크지 않았는데 외모는 사유키랑 많이 닮아 있었다.

(여동생인가? 하지만 사유키 선배는 외동딸 아니었나?)

그녀에게 여동생이 있다는 이야기는 들은 적이 없는데…….

"어머, 당신은…….."

"처, 처음 뵙겠습니다. 전 사유키 선배의 후배인 키류라고 합니다."

"아아, 역시나! 그쪽이 키류군요. 늘 사유키가 이야기를 많이 했어요."

차분한 목소리로 말하며 부드러운 미소를 보여주는 기모노 소녀.

"저기……실례지만 사유키 선배의 여동생이신가요?"

"아뇨? 난 사유키의 엄마예요."

"어머니?!"

사유키와 닮은 소녀의 정체는 어머니였다.

여고생이라고 해도 전혀 위화감이 느껴지지 않을 정도에다 딸보다 젊어 보이는 경이적인 동안이었다.

"아, 꽤 젊으시군요."

"우후후, 동안이라는 말은 자주 들어요."

"이미 동안의 레벨이 아닌 것 같은데…….."

하지만 생각해보면 코하루처럼 합법 로리가 존재하고 있

으니 동년배로 보이는 어머니가 있다고 해도 이상하지 않을 지도 모른다.

"다시 한번 인사할게요. 난 토키하라 미후유라고 해요. 키류에 대해서는 사유키에게 이런 저런 이야기를 많이 들었어요."

"이런저런?"

"그래요. 최근에는 엉덩이를 찰싹찰싹 때려줬다고."

"하필이면 그런 화제를?!"

"키류도 귀여운 얼굴을 하고 꽤 귀축이네요."

"오해입니다. 어머니!!"

확실히 엉덩이를 찰싹찰싹 때리기는 했다.

했지만 그건 노동 의욕이 부족한 사유키에게 알바를 시키기 위한 고육지책이었다.

결코 신바람이 나서 부녀자의 엉덩이에 벌을 가한 건 아니었다.

(그 사람은 대체 어머니에게 무슨 말을 한 거야……?)

따로 무슨 이야기를 했는지 오히려 어디까지 이야기했는지 신경이 쓰였지만 지금은 그걸 파고 들 때가 아니었다.

"그, 그런데 저기, 사유키 선배는 집에 있나요?"

"혹시 사유키가 학교를 안 나가니까 걱정돼서 와준 거예요?"

"그러니까……맞습니다, 네……."

차마 쉬고 있는 원인이 자신에게 있다는 말은 못하고 말을 흐렸다.

"그래요……? 하지만 이거 큰일이네. 사유키는 방에 틀어박혀서 나오질 않는데. 게다가 혹시 키류가 찾아온다고 해도 돌려보내라고 해서…….."

"철저하네요……."

이쪽의 행동은 예측을 끝냈다는 건가.

하지만 여기까지 와서 이대로 돌아갈 수는 없었다.

"저기, 그렇다면—."

고육지책으로서 가방 안에서 꺼낸 한 장의 사진을 미후유에게 내밀었다.

"이걸 사유키 선배에게 전해주시겠어요?"

"알았어요. 사유키에게 전해줄게요."

사진을 받아들고 미소 짓는 어머니.

그 미소는 정말 사유키라고 착각할 정도로 똑 닮아 있었다.

딸의 후배를 배웅한 후 미후유가 집 안으로 들어가자 복도 모퉁이에서 상황을 살펴보려는 듯 사유키가 얼굴을 내밀었다.

"……케이키는 돌아갔어?"

"신경 쓰이면 직접 나오지 그랬니."

"싫어. 지금은 싸움 중인걸."

"그런 완고한 태도는 누굴 닮은 건지."

"이건 확실히 엄마를 닮은 거야."

반항적인 눈으로 단정 짓는 딸에게 미후유가 미소를 짓더니, 그녀는 사유키에게로 다가가 손에 들고 있던 사진을 건넸다.

"이거, 키류가 맡기고 갔어."

"응? 사진?"

"그럼 엄마는 확실하게 전해줬다?"

"아, 응······."

볼일을 끝내고 바로 그 자리를 떠나는 엄마를 배웅한 후 다시 한 번 사진으로 시선을 떨궜다.

그건 사진이 특기인 코하루가 촬영하고 천문부 고성능 프린터로 인쇄한 것.

화려하게 장식된 교실에 서예부 4명이 나란히 찍혀 있었다.

그리고 칠판에는 크게 '메이드 카페에 잘 오셨습니다!'라는 문자가.

"이건······."

똑똑한 그녀는 그것만으로도 후배들이 뭘 할 생각인지 알 수 있었다.

그들은 서예부 폐부를 저지하고 부비를 보충할 자금을 모으기 위해 문화제에서 카페를 열 생각인 거겠지.

"케이키……."

사유키가 알바를 잘리게 된 그날 밤, 말다툼하고 헤어진 후배는 서예부를 지키기 위해 행동하고 있었다.

"학생회가 더 좋다고 했으면서……."

정말 그렇게 생각했다면 이런 짓을 할 이유가 없을 것이다.

그의 마음을 이해한 순간 안도감에 한줄기 눈물이 흘러내렸다.

그 기분을 놓지 않으려는 듯 사유키는 사진을 가슴속에 끌어안았다.

◇

그리고 또 하룻밤이 지나고 맞이한 토요일.

문화제 당일 학교는 아침부터 굉장히 떠들썩했다.

앞뜰에는 프랑크프루트나 크레이프 등 음식 노점이 줄지어 있었고 교내에는 각 반에서 취향대로 꾸민 작품을 전시되어 있고 체육관에서는 다양한 무대가 수시로 열리고 있었다.

그 가운데 임시 임원으로 일하는 케이키는 학생회 일원으로서 순찰에 동원되었다.

오늘과 내일은 학생들뿐만 아니라 보호자나 근처 주민 등 일반인들의 입장도 가능했다.

사람이 많이 모이면 다양한 트러블이 발생하기 때문에 문화제 실행위원들과 제휴해 문화제가 원활하게 개최되도록 교내를 순회하는 게 주된 미션이었다.

떨어뜨린 물건을 맡아둔다거나 미아 대응을 하는 등, 이것도 꽤 바빴다.

아버지와 재회한 여자아이에게 손을 흔들어주면서 문득 떠오른 건―.

"카페는 괜찮을까……?"

서예부의 카페는 어떻게 되고 있을지 그것만 신경 쓰였다.

가능하면 지금 당장이라도 달려가서 가게를 도와주고 싶지만 학생회 일을 내팽개칠 수는 없었다.

"오전 시간만 지나면 오프니까……."

이틀 동안에 걸쳐 개최되는 문화제였지만 첫째 날 순찰은 오전에만 담당하고 있었다.

오후에는 완전히 오프가 되기 때문에 카페 서포트에 집중할 수 있었다.

그런 생각을 하고 있는데 주머니 속에서 스마트폰이 울렸다.

"네, 키류입니다."

그건 접수를 담당하고 있는 실행위원의 연락이었다.

"······아, 네에. 알겠습니다. 지금 확인하러 가보겠습니다."

1학년 상연물에 대해 일반인으로부터 불만이 접수됐다고 했다.

정말 축제 기간 중에는 트러블이 끊이지 않았다.

새로 날아든 문제에 대응하기 위해 신입 경비원은 곧장 현장으로 향하기로 했다.

그리고―.

"저기······ 일반 손님으로부터 불만이 접수됐는데."

"그런 건 저에게 말해봤자 곤란할 뿐인데요."

보고가 있었던 교실 앞. 기분 나쁜 듯 대답한 건 황갈색 트윈 테일이 매력 포인트인 학생회 임원, 나가세 아이리 였다.

"귀신의 집이 너무 무섭다니, 싫어하면 안 들어가면 되는 거 아닌가요?"

"거기에는 동의하지만······."

그래, 일반인에게서 접수된 불만은 아이리 반의 '귀신의 집이 너무 무섭다'는 것이었다.

싫으면 안 들어가면 되는 거 아니냐는 그녀의 주장은 지당했지만 그건 둘째 치고―.

"저기 나가세, 그 차림은 어떻게 된 거야?"

"이, 이건 우리 반 모두에게 부탁받아 어쩔 수 없이······."

케이키의 지적에 부끄러운 듯 변명하는 나가세.

귀신의 집 접수를 담당하는 그녀는 정말 사랑스러운 차림을 하고 있었다.

검은 원피스 타입의 코스튬에 머리에 뿔이 난 머리띠를 장비하고 등 뒤에는 박쥐 날개가 붙어 있었다.

이른바 악마 소녀 코스프레였다.

"뭐라고 할까, 다부진 성격의 나가세에게 딱 맞는 차림이네."

"때려눕혀 줬으면 좋겠어요?"

"하지만 정말 잘 어울리는걸."

"코스프레가 잘 어울린다고 해봤자 별로 기쁘지 않거든요……."

참고로 아이리의 학생회 임무는 오후부터였기 때문에 점심을 먹은 후 순찰 업무에 들어갈 예정이었다.

"뭐, 그건 그렇고 클레임이 들어온 건 사실이니까. 지적이 있었으니 얼마나 무서운지 확인해야 하는데—."

그때, 교실 안에서 '꺄아아아악?!'이라는 여성의 비명소리가 들려왔다.

분명 예사롭지 않은 공포로 가득 찬 소리였다.

"들어가실 거예요? 선지피의 재현 강도가 꽤 지독해서 어른이라도 울부짖는 퀄리티인데요."

"……역시 관둘게."

"현명한 판단이라고 생각해요."

고등학교 문화제에 왜 그렇게까지 최선을 다한 걸까?

일단 너무 무섭다는 클레임에 대해선 입구에 '15세 미만은 사절'이라는 벽보를 붙이는 방면으로 이야기가 정리되었다.

"그런데 키류 선배, 카페는 괜찮아요?"

"슬슬 나의 당번도 끝나가니까 이 이후 상황을 보러 갈 생각이야."

"저도 나중에 밥 먹으러 갈게요."

"오오, 와주려고?"

"당연하죠! 유이카의 메이드복 차림을 절대로 놓칠 수 없으니까요!"

"욕망으로 꽉 찼네……."

남자를 싫어하기로 유명한 아이리는 사실 열심히 백합 소설(19금)을 집필하는 백합 작가였다.

이렇게 귀여운 그녀 또한 변태 소녀였다.

"그럼 수고하셨습니다~."

실행위원 선배에게 인사를 건네고 케이키는 스태프 룸인 회의실을 뒤로 했다.

임시 임원으로서의 오늘 업무는 종료.

이걸로 오후에는 완전히 프리.

걱정 없이 매니저 업무에 전념할 수 있었다.

"좋아, 가게 상태를 보러 갈까?"

시각은 마침 12시를 넘어가는 중이었다.

음식점으로서는 대목인 시간.

실제로 치어리딩부가 내놓은 '타이쇼 낭만 카페'는 행렬이 생길 정도로 성황이었고 그런 행렬을 곁눈질하며 특별교실 건물로 향했다.

복도를 걸어간 끝에 있는 교실이 서예부 점포였다.

"……응?"

그 교실 앞에 금색 머리칼의 소녀가 오도카니 서 있었다.

메이드복을 입은 소녀는 틀림없이 서예부의 1학년이었고,

"유이카?"

"아, 케이키 선배!"

말을 걸자 그녀는 허둥대며 달려왔다.

"큰일이에요! 큰일 났어요!"

"대체 무슨 일이야?"

심상치 않은 얼굴에 놀라면서 사정을 물었다.

이벤트에 사고는 늘 따라다니는 것. 순찰을 돌면서 다양한 문제에 대처해온 케이키는 이번에도 무리 없이 해결할 수 있을 거라며 무의식적으로 상황을 우습게보고 있었다.

하지만―.

"손님이 전혀 오질 않아요!"

"……뭐?"

유이카가 내뱉은 말은 상상 이상으로 심각한 문제였다.
서예부 카페 운영은 첫날부터 암초에 부딪힌 상태였다.

"으음, 역시 메이드복은 멋져."

문화제 첫째 날이 시작하기 직전, 오전 8시 50분 경.

서예부 카페 안에서 키류 매니저는 만족스럽게 고개를 끄덕였다.

그 시선 끝에 있는 건 세 명의 사랑스러운 메이드들.

"이걸 입는 건 두 번째인데 역시 진정이 안 되네요."

"너무 보면 부끄러운데……."

"오히려 오빠의 뜨거운 시선이 기분 좋아."

유이카는 안절부절 못하며 자신의 모습을 확인했고 마오는 부끄러운 듯 치마를 꽉 붙들고 있었으며 노출광인 미즈하만이 기쁜 듯 뺨을 붉게 물들였다.

"여하튼 의상 제작이 늦질 않아서 다행이야. 고마워, 유이카. 시간이 많이 없어서 힘들었지?"

"아뇨, 유이카도 즐거웠어요."

유이카는 어젯밤에도 키류 가에 머무르며 밤새도록 옷을 만들었다.

한정된 시간 안에 품질 높은 메이드복을 완성한 그녀의 기술에는 경의를 표했다.

"그건 그렇고 유이카에게 이런 특기가 있을 줄은 몰랐어."

"예전에 부모님께 배웠어요. 두 분 다 복식과 관련된 일을

하시거든요."

"흐음, 어쩌지."

"뭐, 유이카의 꿈은 그림책 작가가 되는 거지만요."

"네 그림책은 어린애들에게 자극이 너무 강할 것 같은데……."

"난 유이카의 그림책, 꽤 좋아하는데."

"……뭐?"

미즈하의 설마 했던 발언에 마오의 얼굴이 굳어졌다.

처음에는 메이드복에 어리둥절해 했지만 차차 긴장도 풀린 건지 사이좋게 대화를 나누기 시작한 여자부원들.

하지만 그 무리 속에 검은 머리의 상급생의 모습은 보이지 않았다…….

"결국 사유키 선배는 안 온 건가……."

사진을 본 그녀가 얼굴을 내밀어줄 거라고 기대했지만 사유키는 오늘도 등교하지 않았다.

(하지만 내가 해야 할 일은 변함이 없어.)

서예부를 폐부에서 구해내기 위해 이번 문화제를 통해 부비 변제 자금을 벌어들여야 했다.

그게 이번에 케이키가 스스로에게 부과한 미션이었다.

사유키를 위해서라도 협력해준 동료들을 위해서라도 반드시 메이드 카페를 성공시켜야 했다.

"오빠, 슬슬 학생회 쪽으로 가지 않으면 곤란한 거 아니야?"

"아, 벌써 그런 시간인가?"

교실 시계를 확인했을 땐 문화제 개시 시간까지 5분을 남겨둔 시점이었다.

임시 임원인 케이키는 지금부터 순회 업무에 나서지 않으면 안 된다.

"미안해, 매니저인데 도와주지도 못하고……."

"괜찮아. 오빠가 없는 동안은 우리가 카페를 지킬 테니까."

"그래요. 어젯밤에는 다 같이 접객 연습도 했어요."

"오히려 변태 매니저가 없는 게 더 집중이 될지도 몰라."

미즈하, 유이카, 마오 세 사람이 믿음직한 말을 해주었다.

서예부의 존속은 이 자리에 있는 전원이 바라고 있는 것.

그걸 재확인하고 점점 문화제에 거는 마음이 강해졌다.

"오후에는 돌아올 테니까 가게는 잘 부탁해."

"""잘 다녀오세요!"""

귀여운 메이드들의 배웅을 받으며 신입 매니저는 교실을 뒤로 했다.

그게 딱 3시간 전의 일이었다.

"거짓말이지……?"

순회 업무를 끝내고 카페 상황을 보러 온 케이키가 눈앞에서 맞닥뜨린 건 정말 '파리가 날린다'라는 표현이 딱 어울리는 참상이었다.

가게 안에는 손님은 한 명도 없었고 곤란한 얼굴을 한 종업원 세 명만 덩그러니 서 있었다.

손님이 오지 않는다는, 음식점으로서는 가장 위기적인 상황에 말이 나오지 않았다.

그런 오빠를 배려해 미즈하가 변명하듯 말을 늘어놓았다.

"오키타 선생님이랑 쇼마랑 코하루 선배는 먹으러 와줬는데……."

"완전히 지인들뿐이잖아……."

오전 손님은 고문 선생님과 친구 둘 뿐.

아무도 오지 않는 것보다는 낫지만 그래서야 이익을 낼 수 없었다.

"역시, 장소가 안 좋은 거 아니야?"

"유이카도 그렇게 생각해요. 여긴 교실 건물에서 꽤 거리가 떨어져 있고."

사람들이 출입하는 현관 근처가 손님을 더 많이 확보할 수 있는 건 당연한 섭리였다.

실제로 번성하고 있던 치어리딩부의 '타이쇼 낭만 카페'는 학생 현관 근처에 있었다.

반면에 메이드 카페는 현관에서 꽤 떨어진 불리한 입지에 있었다.

서예부는 모든 참가단체 중 가장 마지막으로 출점 신청을 했다.

조건 좋은 장소는 먼저 신청한 부에게 돌아갔고 남아있던 게 이 교실뿐이었다.

개점 준비에도 꽤 경비가 들었고 이대로 손님을 모으지 못하면 손해를 모면하지 못했다.

게다가 무엇보다 문제인 건─.

"역시 우리에게는 무리였던 걸까요……?"

"내가 만든 포스터도 효과가 없었던 것 같고…….""

"메뉴에 매력이 없었던 건가……?"

보이는 대로 멤버들이 낙심하고 있다는 사실이었다.

(큰일이네…… 모두의 사기가 떨어지고 있어.)

시간이 없는 와중에도 그녀들은 최선을 다해 준비를 해주었다.

그 결과가 이런 상황이니 충격을 받는 것도 무리는 아니었다.

하지만 종업원의 사기는 가게의 매상과 직결된다.

(지금은 매니저로서 내가 모두를 분발시켜야 해!)

멤버들 마음의 케어도 매니저의 중요한 업무.

어려운 미션이었지만 나라면 할 수 있어─.

근거 없는 자신감으로 스스로를 고무시키고 케이키는 세 명의 메이드를 향해 입을 열었다.

"다들 들어줘. 손님이 오지 않는 건 너희들 탓이 아니야. 나의 확인이 허술했던 탓이야. 안 좋은 입지에 대한 아무런 대책도 세우지 않았던 게 원인이라고 생각해."

가게 안을 장식하고 메뉴를 만드는 것만이 점포 운영의 전부는 아니었다.

가게가 처한 불리한 입지적 조건을 파악하지 못하고 매상과 관련된 중요한 문제를 방치해둔 책임은 자신에게 있었다.

"하지만 제대로 매니지먼트만 하면 반드시 번성할 거야. 왜냐하면 이 가게에는 귀여운 메이드가 세 명이나 있으니까."

"""귀여운……."""

귀엽다는 말을 듣고 기뻐하지 않을 여자는 없었다.

매니저가 내뱉은 마법의 말에 메이드들이 움찔거리며 반응했다.

"유이카는 불평할 여지없이 미소녀고."

"뭐, 뭐, 당연하죠."

"난죠는 스타일이 좋고 숨길 수 없는 츤데레의 오오라가 굉장히 괜찮다고 생각해."

"츤데레라고 하지 말라니까……."

"미즈하는 일부러 짓궂게 굴어서 곤란하게 만들고 싶어지는 작은 동물 같은 매력이 있어."

"저, 정말⋯⋯오빠도 참."

툴툴거리면서도 칭찬을 받는 게 아주 싫은 것 같진 않은 3인조.

"뭐, 그러니까. 이제 막 문화제가 시작됐고 지금부터 만회하면 문제없을 거야. 확실히 핸디캡은 있지만 그걸 고려한 상태에서 뭔가 대책을 생각해보자."

"그래. 아직 시간이 있으니까."

"네, 우리라면 괜찮을 거예요!"

"키류에게 놀아나는 것 같아서 분하지만 뭐, 해볼까?"

의도했던 대로 여학생들은 웃는 얼굴로 돌아왔다.

입지 면으로 불리한 건 확실하지만 서예부의 메이드 카페에는 귀여운 점원들이 있고 미즈하 특제 맛있는 요리를 먹을 수 있었다.

대책만 제대로 세운다면 확실히 손님들의 발길이 이어질 것이다.

그걸 긍정하듯 카페에 대망의 손님이 찾아왔다.

"―실례합니다."

"아, 다녀오셨어요?!"

등 뒤에서 들리는 목소리에 유이카가 미소를 지으며 돌아보았고,

"⋯⋯아, 뭐야. 아이리였어?"

거기 있던 인물을 확인하고 추욱 어깨를 떨궜다.

금발 메이드의 성의 없는 대응에 교복 차림의 아이리가 부루퉁하게 입을 삐죽거렸다.

"그 반응은 아니지. 일단 손님으로 온 거니까."

"참고로 아야노도 있어."

아이리 뒤에서 얼굴을 내민 건 아야노, 후지모토 아야노였다.

앞머리로 한쪽 눈을 가린 부회장이 가슴 앞에서 작게 손을 흔들었다.

"후지모토도 와줬네."

"응. 키류가 최선을 다했으니까 응원하고 싶어서."

"일부러 고마워. 자, 유이카 접객 부탁해."

"좋아요. 유이카의 열의를 보여줄게요. 영업 스마일 영업 스마일……에헷☆"

"아앗, 정말 약아빠졌지만 그게 반대로 좋아! 메이드복과 더불어 엄청 귀여워!"

유이카의 영업 스마일에 변태 백합 작가가 숨을 헐떡거렸다.

메이드복 차림의 유이카가 보고 싶다더니, 욕망이 이뤄져서 무엇보다 다행이었다.

"저기, 유이카? 사진 찍어도 돼?"

"아, 저희 카페 메이드는 촬영이 안 된답니다♪"

"말도 안 돼!!"

"그럼 아가씨, 자리에 앉으세요~."

금발 메이드의 안내로 아이리와 아야노가 자리에 앉았다.

두 사람이 메뉴를 보고 있는 사이 유이카는 종이컵에 찬물을 따라 주었다.

"주문은 어떻게 하시겠어요?"

"저기……그럼 오므라이스로 부탁할게요."

"아야노도 같은 걸로."

"알겠습니다! 미즈하 선배, 오므라이스 두 개 부탁드려요!"

"네에!"

주문이 들어오고 바로 미즈하가 조리를 시작했다.

휴대용 가스버너로 달군 프라이팬에 버터를 넣고 썰어놓은 양파, 당근 등을 넣어 볶는다.

조리 스페이스는 굳이 칸막이를 설치하지 않았다.

여자가 요리하는 모습은 그것만으로도 가치가 있었다.

조리 중인 메이드를 볼 수 있게 한 것도 매니저의 배려심 있는 조처였다.

"……흐음, 요리를 하는 메이드도 최고네요. 미즈하 선배 너무 멋져요. 난죠 선배도 귀엽고 법이 허락한다면 엉덩이를 쓰다듬고 싶을 정도예요."

"진지한 얼굴로 아저씨 같은 발언을……."

여전히 겉모습과 내면의 갭이 아주 심한 후배였다.

다른 사람들에게 들리지 않도록 몰래 아이리에게 귓속말

을 했다.

"(우리 가게 메이드를 저속한 눈으로 보지 말아 주시겠습니까?)"

"(무리예요. 유이카의 메이드 차림을 머릿속에 새겨두는 게 저의 사명이거든요.)"

"(거리낌 없이 딱 잘라 말하는구나…….)"

욕망에 너무 충실하다고나 할까, 눈이 너무 진지해서 무서웠다.

"게다가 어느샌가 유이카와 서로 이름으로 부르는 사이가 됐고……."

"키류 선배 덕분이에요. 요즘은 교실에서도 이야기를 나눌 수 있게 됐어요."

"그래? 그거 다행이네."

이전, 아이리에게 '코가와 사이좋게 지내고 싶다'는 고민을 들었던 케이키는 그녀에게 협력했었다.

그때 유이카의 '케이키를 노예로 만들겠다'는 목적에 아이리가 찬동하면서 두 사람은 의기투합하게 됐고 그 이후로도 순조롭게 우정을 쌓고 있는 모양이었다.

잠시 후 유이카가 방금 만든 요리를 갖고 왔다.

"오래 기다리셨습니다~."

"와아, 꽤 본격적이네요."

"맛있겠다……."

테이블에 놓인 요리에 아이리와 아야노가 눈을 반짝거렸다.

종이접시에 담긴 황금빛 달걀.

안에는 치킨라이스가 채워져 있었고 메이드 카페의 정석에 따라 케첩으로 하트 마크까지 그려져 있었다.

"자, 오빠도."

어느샌가 옆으로 다가온 미즈하가 오므라이스를 담은 종이접시를 내밀었다.

아무래도 오빠가 먹을 것도 만들어준 것 같았다.

"아직 점심 안 먹었지?"

"아니, 하지만 그전에 앞으로의 대책을 생각해야 하는데……."

"배가 고프면 좋은 생각도 떠오르지 않을걸."

"……그것도 그러네. 잘 먹을게."

모처럼 준비해줬으니 케이키도 아이리와 동석해 받은 플라스틱 스푼으로 오므라이스를 입에 넣었다.

"오빠, 맛은 어때?"

"응, 엄청 맛있어."

"그렇다는데? 다행이야, 마오."

"뭐? 이거 난죠가 만든 거야?"

엉겁결에 마오를 바라보자 그녀는 쑥스러운 듯 고개를 끄덕였다.

"아니, 전에 오므라이스를 만들어주겠다고 약속했으니까……."

"아―, 그런 일도 있었지……."

분명 여름방학 취재 데이트 때였던가.

두 사람이 들렀던 패밀리 레스토랑에서 그런 말을 했었던 것 같다.

미즈하 왈, 마오가 '슬슬 키류가 돌아올 테니까'라며 만들어둔 거라고.

"고마워. 정말 맛있어."

"……그래? 입에 맞다니 다행이야."

쌀쌀맞게 대답했지만 그녀가 기쁜 듯 미소 짓는 걸 케이키는 놓치지 않았다.

질 좋은 츤데레와 오므라이스로 두 번 맛있는 점심이었다.

그 이후 묵묵히 계속 먹던 케이키가 가장 먼저 그릇을 싹 비웠다.

그 뒤에 아이리와 아야노가 만족스럽게 스푼을 내려놓았다.

"잘 먹었습니다. 굉장히 맛있었어요."

"응, 엄청 맛있었어."

미즈하의 오므라이스도 호평이었고 두 사람의 얼굴에는 미소가 번졌다.

"하지만 손님은 들어오지 않는 것 같네요."

"나가세는 가차 없구나……."

"부비 변제, 괜찮으시겠어요?"

"윽……."

"저로서는 이제 서예부를 폐부시킬 생각은 없는데요. 공금 부정 이용에 관해서는 역시 옹호할 수 없어요."

"알아."

그 일에 관해서는 완벽히 서예부 잘못이었다.

오히려 유예를 부여해준 학생회에는 감사하지 않으면 안되겠지.

"아이리, 뭔가 좋은 생각 없어요?"

"으—음……."

유이카의 질문에 아이리가 생각에 잠겼다.

트윈 테일의 소녀에게로 모두의 시선이 집중되었다.

"메이드 카페를 수영복 카페로 바꾼다거나……?"

"기각할게요. 아이리 혹시 바보예요?"

"바보?!"

신랄한 공격에 충격을 받은 아이리.

그런 후배를 곁눈질하며 이번에는 아야노가 의견을 표출했다.

"메이드복은 확실히 귀엽지만 남자들이 부끄러워서 좀처럼 들어오기 힘들지도."

"아—, 그건 그럴지도 모르겠네……."

섹시하고 귀여운 메이드는 꼭 보고 싶다.

하지만 섹시한 메이드를 목적으로 가게에 왔다는 생각은 안 했으면 좋겠다.

한창 때인 남자들에게 있을 법한 딜레마였다.

계산하는 직원이 여성점원일 경우 음란한 책을 사기 힘든 그런 현상과 똑같았다.

"그러고 보니 행렬이 생겼던 치어리딩부의 '타이쇼 낭만 카페'는 노출도를 억제한 유니폼이었지……."

거기까지 계산하고 있었다면 정말 무서운 경영능력이었다.

치어리딩부의 우수함을 실감하고 있는데 부활한 아이리가 의문을 제기했다.

"애초에 선전활동은 제대로 한 거예요?"

"일단 곳곳에 포스터는 붙여뒀어."

"그것만으로는 충분하지 않아요. 어쨌든 이 장소에 메이드카페가 있다는 걸 알리지 않으면 이야기가 되지 않잖아요."

"어, 어떻게 하면 될까?"

"일단 메이드복 자체는 멋지다고 생각해요."

"그런데?"

"그 차림으로 전단지를 나눠주는 게 좋을 것 같아요."

"전단지를 나눠준다고……?"

수수하면서도 일정 효과를 볼 수 있는 대중적인 선전활동이었다.

귀여운 메이드가 전단지를 나눠주면 확실히 좀 더 많은

손님들을 모을 수 있게 될지도 모른다.

"하지만 역시 가게를 비울 수는 없어……조리랑 홀을 생각하면 최소 두 사람은 남아있어야 하니까 전단지 배포에 할애할 수 있는 인원은 실질적으로 한 명뿐이야."

"""……"""

매니저의 발언에 서로 시선을 교환한 종업원들.

직후, 메이드 3명의 진검승부가 시작되었다.

"서예부의 메이드 카페, 특별교실 건물 1층에서 절찬리 영업 중입니다! 꼭 들러주세요!"

아주 맑은 가을 하늘 아래, 학생 현관 앞에서 메이드복 차림의 유이카가 방문한 남성들에게 전단지를 나눠주고 있었다.

"하아…… 거기서 묵을 냈으면 유이카 혼자 이겼을 텐데……."

"가위바위보에서 그런 일은 자주 있는 법이지."

세 명의 메이드에 의한 치열한 싸움은 유이카의 패배로 막을 내렸다.

정보실습실 PC를 사용해 속공으로 만든 전단지를 인쇄한 후 케이키는 패자인 후배와 전단지를 나눠주기에 알맞은 이 장소로 나왔다.

"하지만 유이카 덕분에 분위기 좋게 전단지도 잘 나가고 있고. 메이드복도 좋은 선전이 되고 있다고 생각해."

"너무 힐끔힐끔 쳐다보는 건 좋아하지 않는데요."

"그만큼 메이드복을 입은 유이카가 귀엽다는 뜻이야."

"귀여우면 유이카의 노예가 되어주시겠어요?"

"그건 물론 사양할게."

"……쳇."

"지금 뭐라고 했어?!"

"흐—음. 유이카의 유혹을 거절한 케이키 선배 같은 사람 난 몰라요."

기분이 상한 듯 유이카가 휙 고개를 돌리고 말았다.

"가게 안에서라면 몰라도 메이드복을 입고 밖으로 나오는 건 굉장히 부끄러운 일이에요. 이런 건 원래라면 도M인 마녀 선배의 일이었겠죠."

"그래, 사유키 선배였다면 기쁘게 전단지를 나눠줬겠지."

"……정말 마녀 선배가 없으니 의욕이 안 생기네요."

"유이카…….”

늘 사유키와 말다툼만 하는 유이카였지만 그녀 나름대로 외로웠던 모양이다.

하지만 지금은 업무 중. 감상에 젖어 있을 시간이 없었다.

그걸 나타내듯 새로운 방문객이 찾아왔고—.

"안녕하세요! 메이드 카페를 열었는데 괜찮으시면—응?"

바로 전단지를 나눠주려고 했던 유이카였지만 그 인물의

이상한 모습에 내밀던 손을 그 자리에서 멈췄다.

크고 둥근 머리에 똑같이 둥근 두 개의 귀.

온몸을 푹신푹신한 갈색 털로 뒤덮은 그 개체를 한 마디로 표현하자면—.

""곰돌이……?""

그래, 케이키와 유이카 앞에 나타난 건 곰돌이 인형탈이었다.

문화제라 코스프레를 하고 있는 학생도 적지 않았지만 인형탈을 본 건 처음이었다.

갑작스러운 조우에 당혹감을 감추지 못하는 두 사람.

그런데 곰돌이가 유이카를 향해 복슬복슬한 손을 내밀었다.

"응? 혹시 전단지가 필요한 건가요?"

"……(끄덕)"

"아……그럼, 여기요……."

전단지를 받아들고 꾸벅 고개를 숙이는 성실한 곰돌이.

수수께끼의 인형탈은 그대로 부리나케 건물 안으로 들어갔다.

"……대체 뭐야, 방금 그건?"

"……글쎄요?"

곰돌이에게 전단지를 요구받았다는 진귀한 체험에 두 사람 모두 물음표를 머리 위에 띄웠다.

그 이후, 전단지 배포의 효과가 있었던 건지 조금씩 손님들이 늘어났다.

"하지만 아직 손님이 많다고는 말할 수 없는 상황이야……."

지금도 손님은 손가락으로 셀 수 있을 정도.

대부분의 자리가 비어 있었고 점포 경영의 어려움을 다시 한 번 통감하게 되었다.

"유이카 혼자서도 여유롭게 홀을 돌아다닐 수 있겠어요."

"그러게……."

어느 정도로 어려운가하면 너무 한가해서 마오가 게으름을 피울 정도였다.

식재료가 부족하게 되면 케이키가 사러 나갈 예정이었지만 지금으로서 그럴 기색은 전혀 없어 보였다.

"……나중에 한 번 더 전단지를 돌려볼까?"

"전단지 배포라면 체육관 앞을 추천해."

"맞아요. 사람들의 왕래를 생각하면 역시 그곳이겠죠─응? 어라?"

마오의 것이 아닌 다른 누군가의 목소리에 고개를 들었을 때 거기 있던 건─.

"타카사키 선배? 게다가 린코도."

"안녕. 휴식 시간이 생겨서 린과 늦은 점심을 먹으러 왔어."

"먹으러 왔어요."

중간 길이의 웨이브 머리가 인상적인 학생회장, 타카사키 시호.

숏컷의 여학생으로 위장한 서기, 미타니 린.

둘 다 아이리와 아야노처럼 손님으로 와준 듯했다.

"……역시 학생회에 남자는 없는 건가?"

옆에 서 있던 마오가 뭔가 불온한 말을 중얼거렸지만 듣지 않은 걸로 했다.

치마를 입은 린을 여자라고 착각한 것이겠지.

언뜻 보기엔 여자로밖에 보이지 않는 린이었지만 사실 어엿한 남자였다.

여자 교복을 입고 있는 건 단순한 취미.

헷갈리기 쉽기 때문에 여장 중에는 '린코', 평소에는 '린타로'라고 나눠서 불렀다.

(미타니가 남자라는 건 말하지 말자. 들키면 분명 동인지 소재가 될 거야……)

여장 취미가 있는 미소년이라면 부녀자에게는 최고의 소재겠지.

전에 새로운 남자 캐릭터를 만들고 싶다고 했었고, 린의 비밀이 알려지면 꺼림칙한 '쇼트 케이크 시리즈'에 새로운 커플링이 탄생하고 말 것이다.

"일단 두 사람 다 앉으세요. 난죠, 미안하지만 물 좀 부탁해."

"오케이."

마오에게 차가운 물을 부탁하고 매니저가 직접 학생회 두 사람을 자리로 안내했다.

시호와 린이 주문한 건 인기 메뉴인 오므라이스.

요리가 완성되길 기다리는 동안 그녀들의 시선은 자연스럽게 세 명의 메이드에게로 향했다.

사랑스러운 미소로 접객을 수행하고 있는 유이카와 즐거운 듯 오므라이스를 만드는 미즈하. 척척 커피 준비를 하는 마오.

귀여운 메이드를 흡족하게 만끽할 수 있는 그게 메이드 카페의 묘미였다.

"메이드복이 귀엽네. 나도 입어보고 싶어."

"전 입은 적 있어요. 중학교 때 문화제에서."

"메이드 경험이 있는 남자라니, 대체 어떻게 된 거야……."

"린은 세 사람 중에서 누가 좋아?"

"글쎄요……. 모두 귀엽지만 굳이 말하자면 요리를 하고 있는 메이드가 제일인 것 같네요. 가슴이 큰 건 장점이라고 생각해요."

"이봐, 그만해. 내 동생을 그런 눈으로 보지 마."

웃는 얼굴로 성희롱 발언을 내뱉는 여장남자를 견제했다.

여자 같은 얼굴을 하고 내면은 가슴 성인인 린이었다.

"그런데 케이키. 아이리랑 아야노에게 들었는데 가게 경영에 고전하고 있다며?"

"창피한 일이지만요. 좀 더 손님을 불러들이고 싶은데 좀처럼 대책이 생각나지 않아서 곤란한 상태예요. 뭔가 좋은 아이디어 없을까요?"

"으—음, 글쎄……."

뺨에 손을 대고 시호가 가게 안을 둘러보았다.

"이 가게에 오는 손님은 역시 남자들이 많겠지?"

"메이드 카페니까요. 메뉴도 남자들에게 맞춰서 만들었고."

"그럼 이번에는 여자 손님들을 의식해보는 게 어때?"

"과연, 여성 손님이라……."

메이드 카페이다 보니 아무래도 남자를 타깃으로 운영되고 있었다.

하지만 학생 중 절반을 차지하는 여자들도 귀중한 손님 후보.

매상 상승을 꾀하기 위해서 꼭 여성 고객들을 불러들이고 싶었다.

"제가 일 때문에 치어리딩부 카페에 갔었는데 여성 손님들도 많았어요."

"거긴 디저트에도 공을 들였으니까."

"디저트라……."

확실히 여자들은 단 걸 좋아했다.

(것보다 정말 굉장하구나, 치어리딩부…….)

마케팅 레벨이 초보의 영역을 초월한 것 같았다.

의상이나 메뉴에 대해 여러 가지로 궁리하고 많은 손님들을 확보한 경영술은 본받을 만했다.

"케이키도 뭔가 디저트를 내놓으면 좋지 않겠어?"

"하지만 디저트는 만드는 게 어려울 것 같아서요. 너무 손이 많이 가는 건 미즈하에게 부담이 되고 뭔가 쉽게 만들 수 있는 게 있었으면 좋겠는데……."

"아, 그거라면 좋은 생각이 있어요."

"좋은 생각?"

"쉽게 만들 수 있는 디저트라면 핫케이크예요! 저도 정말 좋아해서 자주 집에서 만들어 먹거든요."

"핫케이크라…… 확실히 괜찮을지도 모르겠어."

쉽게 만들 수 있고 맛있는 디저트의 대표 메뉴였다.

별나게 멋스럽지 않고 많은 사람들에게 먹힐 것 같은 부분도 높은 포인트였다.

"……좋았어! 저, 잠깐 재료 좀 사올게요!"

그런 이유로 바로 만들어보았다.

슈퍼에서 사온 핫케이크 믹스에 계란과 우유를 섞어 반죽을 만들고 가열판으로 작은 핫케이크를 3장 구웠다.

그걸 종이 접시 위에 쌓아 올리고 나머지는 취향대로 벌꿀이나 휘핑크림을 토핑하면―.

"미니 핫케이크 완성!"

"과연, 이거라면 쉽게 만들 수 있겠네요."

"심플하지만 맛있을 것 같고."

"보기에도 작고 귀여우니까 여자들에게 잘 먹히지 않겠어?"

유이카와 마오, 미즈하의 느낌도 양호한 것 같았다.

남자도 만들 수 있는 간단함도 인원이 적은 서예부로서는 다행이었다.

"버터나 벌꿀 이외에 휘핑크림이나 초콜릿 소스가 있어도 좋겠네요."

"응, 이 메뉴라면 여자들도 기뻐할 거야."

이미 오므라이스를 다 먹어치운 린과 시호도 틀림없다고 보증을 해주었다.

"좋아, 그럼 지금부터 이걸 신 메뉴로 첨가하는 거야!"

그 이후 서예부는 '미니 핫케이크'라는 문자를 더해 새로 만든 전단지를 나눠주었고 가게 앞에도 '핫케이크를 시작했습니다!'라는 벽보를 추가했다.

"……오오!"

핫케이크의 선전 효과는 금방 나타났다.

손님의 대부분을 차지했던 남자들과 함께 여성 손님들도 찾아오게 된 것이다.

점심시간이 지나서 그런지 오히려 여자 손님들이 더 많을 정도였다.

작고 먹기 쉬운 양이 잘 먹힌 건지 여자들의 심장을 확실하게 붙잡은 미니 핫케이크는 오므라이스에 견주는 인기 메뉴가 되었다.

"굉장해요, 케이키 선배!"

"오빠의 작전, 히트한 것 같아."

"아이디어를 내준 건 타카사키 선배랑 미타니야."

학생회 두 사람 덕분에 여성 손님들을 불러들일 수 있었다.

손님들도 늘어났고 최종적인 매상을 확인할 때까지 안심할 순 없지만 이런 상태라면 적자가 나진 않겠지.

"……저기, 케이키 선배."

"응?"

누군가가 소매를 잡아당겨 시선을 돌리자 유이카가 입구 근처를 손가락으로 가리키고 있었다.

"어라……?"

"아, 저 녀석은 아까 그…….."

지금 막 카페로 들어온 손님은 정말 낯익은 곰돌이 인형탈이었다.

"다녀오셨어요? 주인, 아니……아가씨……아니……?"

접객을 하던 마오가 호칭 때문에 고민한 끝에

"……곰돌이 님?"

최종적으로는 곰돌이 님으로 결정했다.

"그, 그럼 자리로 안내해드리겠습니다."

미소가 살짝 굳어지면서도 빨간 머리의 메이드가 자리까지 안내했고 곰돌이 님이 의자에 앉았다.

그리고 손에 들고 있던 메뉴표를 빤히 바라보기 시작했다.

메이드 카페에서 곰돌이가 메뉴를 뚫어지게 바라보고 있는 진귀한 풍경.

그 지극히 기묘한 광경에 다른 손님들도 힐끔힐끔 곰돌이의 상태를 엿보았다.

"아, 곰돌이 님이 주문할 것 같아요."

"뭘 주문할까?"

"곰돌이라면 무난하게 벌꿀 핫케이크 아니겠어?"

케이키와 부원들이 곰돌이의 주문에 주목하는 와중에 인형탈이 아무 말 없이 가리킨 건—

"아아, 오므라이스 말이군요. 조금만 기다려주세요."

"오므라이스였어……?"

예상을 화려하게 배신하는 곰돌이었다.

돌아온 마오가 지친 모습으로 한숨을 내쉬었다.

"대체 뭐야? 저 곰돌이는…….

"유이카가 전단지를 나눠줄 때도 우연히 만났어요."

"뭐, 그랬어?"

어쨌든 주문이 들어왔기 때문에 미즈하가 바로 오므라이스를 만들기 시작했고 완성된 요리를 마오가 갖고 갔다.

"것보다 저 곰돌이, 어떻게 먹을 생각이지?"

보통은 일단 머리 부분을 벗지만 지금 현재 그런 조짐은 보이지 않았다.

테이블에 놓인 요리를 빤히 바라보는 곰돌이.

서예부 4명이 마른침을 삼키며 바라보는 와중에 곰돌이 님은 한 손으로 머리 부분을 약간 들어 올리고 살짝 생긴 빈 틈으로 약삭빠르게 스푼을 밀어 넣었다.

"거짓말이지……?"

"먹을 때 정도는 벗어도 될 텐데……."

"어린애들의 꿈을 망가뜨리고 싶지 않은 거 아니야?"

"나에게는 오히려 전력을 다해 망가뜨리고 있는 것처럼 보이는데……."

종업원들이 소곤소곤 이야기를 나누는 와중에도 묵묵히 식사를 이어나가는 인형탈.

악몽 같은 영상을 계속 보여주면서 깔끔하게 다 먹은 곰돌이는 계산을 끝내고 아무 일도 없었던 것처럼 느릿느릿 가게를 나갔다.

"정말 뭐야……?"

전단지를 요구하고 오므라이스를 먹고 건물을 배회하는 수상한 인형탈.

곰돌이 님의 수수께끼는 깊어지기만 했다.

오후 3시로 접어들었을 무렵.

완전히 핫케이크 담당이 되어버린 키류 매니저가 잠깐 쉬는 김에 화장실로 향했고 방금 다리 사이를 해방하려던 먼저 온 손님이 고개를 들었다.

"응? 케이 선배잖아요."

"린코? ……가 아니라 린타로?"

　아까는 치마를 입고 있던 후배였지만 지금은 평범하게 남자 교복을 착용하고 있었다.

"네가 바지를 입고 있으니까 위화감이 장난 아닌데."

"치마를 입고 화장실에 들어올 순 없어서 옷을 갈아입었어요."

"그래, 남자 화장실에 치마 입은 녀석이 있다면 큰 소란이 일어날 테니까."

　그런 대화를 하면서 케이키도 볼일을 끝내고 개운해진 두 사람은 나란히 서서 손을 씻었다.

"린타로, 오늘은 이제 순찰 업무는 없어?"

"네. 지금은 저희 반이 출품한 상영물을 도와주고 있어요."

"그러고 보니, 나가세도 도와주고 있던데. 악마 소녀 코스프레를 하고 접수 담당으로 일하고 있었어."

"나가세가 코스프레라고요? 그거 저도 보고 싶었는데."

　아쉬운 듯 말하는 린과 함께 화장실에서 나오는데,

"……응?"

　복도 바닥에 자리한 커다란 생물과 눈이 마주쳤다.

"개구리……?"

그건 어디에나 있는 녹색 개구리였고 근처 창문이 열려 있었다.

"아아, 저기서 들어왔구나."

이 계절에는 많이 볼 수 없지만 오늘은 날씨도 좋고 따뜻한 햇살과 축제의 떠들썩함에 이끌려 나온 걸지도 모르겠다.

"누군가에게 밟히면 불쌍할 테니까 밖으로 나가게 해줄까?"

"……."

"응? 린타로?"

묘하게 조용해 옆을 바라보자 린타로가 동상처럼 굳어 있었다.

"왠지 안색이 안 좋은데 괜찮아?"

"괘, 괜찮지 않아요……, 저, 개구리 엄청 싫어해요! 아니, 표면이 미끌미끌한 생물은 전부 싫어해요!"

"정말 여자 같은 녀석이네……."

"아, 지금 움직였어?! 사, 살려……살려주세요!"

"잠깐, 이봐, 린타로?!"

아주 살짝 고개를 든 개구리에 겁을 먹고 후배가 케이크를 꽉 끌어안았다.

(이게 여자였다면 기쁘고 부끄러운 해프닝이었을 텐데…….)

하지만 이 녀석은 남자.

동성에게 안겨봤자 전혀 기쁘지 않았다.

뭔가 미묘한 기분에 빠져있는데 원흉인 개구리가 이동을 시작했다.

폴짝폴짝, 웬일인지 이쪽을 향해서…….

"히익?! 이쪽으로 오고 있어요!!"

두 사람의 발밑에 착지한 개구리는 무슨 생각을 한 건지 린의 신발에 달라붙었고,

"……응? 거짓말?! 설마—."

다음 순간, 바짓자락을 통해 안으로 들어가 버렸다.

"싫어어어어어어!! 미끈미끈해서 기분 나빠요!! 잡아줘요!! 잡아주세요!"

"어, 어이, 린타로?! 좀 진정해!"

비명을 지르며 벨트를 풀고 바지를 벗으려는 린타로…….

"아웃?!"

무릎까지 내렸을 때 발이 뒤엉켜서 앞으로 푹 꼬꾸라지듯이 넘어지고 말았다.

바닥에 손과 무릎을 대고 엎드린 상태에서 트렁크 팬티로 감싼 엉덩이를 뒤로 내민 수수께끼의 섹시 샷.

남자의 팬티라는 보고 싶지도 않은 물건이 눈에 들어와 정신이 아찔해졌지만 내버려 두는 것도 불쌍했기 때문에 개구리를 잡아주기로 했다.

"아아, 이거 정말, 잡아줄 테니까 얌전히 있어!"

"부탁드릴게요……!"

아직 엎드린 상태인 린의 뒤로 돌아가 내려진 바지 안으로 손을 집어넣었고 놀란 개구리가 파고들었던 바짓자락 사이로 튀어나왔다.

시끄럽게 군 생물은 그대로 폴짝폴짝 어딘가로 가버렸다.

"자, 제대로 나왔어. 괜찮아?"

"아, 네……. 감사합니다……."

숨을 거칠게 몰아쉬며 울상인 얼굴로 감사인사를 전하는 린.

그때—등 뒤에서 툭 하고 떨어지는 소리가 들렸다.

케이키가 뒤를 돌아봤을 때 복도에는 팩 우유가 떨어져 있었고 메이드복 차림의 난죠 마오가 어깨를 떨며 이쪽을 바라보고 있었다.

"난죠?"

"키, 키류……너, 뭐, 뭐, 뭐, 뭐 하는 거야……?!"

"응……?"

얼굴을 새빨갛게 물들인 채 외치는 마오를 바라보며 순간 고개를 갸우뚱거리던 케이키였지만—.

"……헉!!"

그녀의 탁해진 눈을 본 순간 자신이 얼마나 치명적인 상황에 놓여 있는지를 이해했다.

바지를 반쯤 벗은 상태로 땀투성이가 된 미소년과.

그 뒤에서 해냈다는 표정을 짓고 있는 키류 씨.

남자끼리 맹렬히 어떠한 활동을 했다고 생각해도 어쩔 수 없는 광경에,

"설마 키류가 학교에서 미소년을 파내고 있을 줄이야!!"

"그런 짓 안 했거든!"

예상대로 마오의 입에서 튀어나온 건 최악의 착각이었다.

"우, 우유를 뿌리면 좀 더 금단의 그림이 만들어질지도……?"

"그러지 마!!"

썩은 눈으로 우유를 준비하려는 변태를 저지했다.

남자 둘이서 우유투성이가 되다니, 너무 싫었다.

"린타로도 저 녀석의 이성이 위험하니까 얼른 바지를 입어."

"아, 네…… 이성?"

고개를 갸웃거리면서도 후배가 순순히 바지를 추스르기 시작했다.

"것보다 왜 난죠가 이런 곳에?"

"아니, 유우가 다 떨어져서 조리실로 가지러 온 건데……."

"정말 타이밍이 나쁘구나……."

점포로 만든 교실에는 냉장고가 없기 때문에 조리실 업무용 냉장고를 빌리고 있었다.

"아니, 잘 보니까 너, 아까 회장님과 같이 있던 애잖아! 남

자로 성전환이라도 한 거야?!"

"아뇨, 전 처음부터 남자였는데요."

"어떻게 된 거야?! 내가 남자를 여자로 착각하다니!"

오히려 계속 착각한 채로 있길 바랐는데.

그런 마음속 목소리는 물론 마오에게는 닿지 않았다.

"뭐, 됐어. 그것보다 너, 미타니라고 했지?"

"아, 네. 미타니 린이라고 하는데요⋯⋯."

"미타니는 키류와 사이가 좋아?"

"네. 알몸을 보여준 적도 있고."

"알몸?!"

"게다가 제 다리 사이도 만졌었죠. 흐읍."

"다리 사이를?!"

"아니, 내가 나의 의사로 만진 게⋯⋯."

학생회 멤버와 수영장 청소를 하던 날, 남자라는 것을 증명하려고 한 린이 자신의 손을 잡고 억지로 하반신으로 이끌었었다.

그건 과거 유례가 없을 정도로 최악의 체험이었다.

"큭큭큭⋯⋯ 왔다⋯⋯ 왔어, 이거! 신간에서 그릴 새로운 캐릭터는 너로 정했다!"

썩은 미소를 지으며 린타로를 가리키는 변태 소녀.

신선한 소재를 손에 넣은 BL 작가는 콧노래를 부르며 떠났다.

"저기…… 신간이라니, 무슨 말인가요?"

"신경 쓰지 마. 저 녀석, 머리가 좀 발효되어 있거든."

마오의 동인지에 린타로가 추가될 거라는 걸 생각하니 두통이 일었다.

그렇지 않아도 카페 걱정으로 머리가 가득 찼는데 이 이상 고민의 소재를 늘리지 말아줬으면 좋겠다.

◇

오후 4시를 지났을 무렵 문화제 첫째 날은 종료되었다.

영업이 끝난 후에는 가게 안 청소를 하기로 했고 교복으로 갈아입은 부원들이 각자 맡은 담당 장소의 청소를 개시.

케이키는 책상 위에 판매액을 늘어놓고 계산기를 두들기면서 정산작업을 시작했다.

"오빠, 조리 스페이스 청소는 끝났어."

"이쪽도, 홀 청소 끝났어."

"흐흥. 이 정도는 유이카의 손에 걸리면 낙승이지요."

"오―, 수고했어."

우수한 종업원들의 움직임에 가게 청소는 눈 깜짝할 사이에 종료되었다.

"다들 계속 일하느라 피곤하지? 오늘은 먼저 가서 편하게 쉬어."

"오빠는?"

"난 조금 더 걸릴 것 같아."

"그래? 그럼 저녁 만들어놓고 기다릴게."

칸막이로 만든 스태프 룸에 들어가 돌아갈 준비를 끝낸 세 사람이 가방을 들고 나왔다.

"그럼 먼저 가볼게요."

"내일 봐~."

"오빠, 너무 무리하지 마."

"그래. 다들 다른 곳에 들르지 말고 곧장 집으로 가."

교실을 나가는 부원들을 배웅하고 케이키는 시선을 책상 위로 돌렸다.

"그럼……."

모두에게는 '아직 시간이 걸린다'고 했지만 사실 이미 정산은 끝나 있었다.

그걸 전하지 않았던 건 메모에 적혀 있던 숫자가 결코 자랑스럽지 않았기 때문.

"큰일이네……. 설마 이렇게까지 이익이 나지 않았을 줄이야……."

아슬아슬하게 적자는 나지 않았지만 목표 금액에는 도저히 미치지 않았다.

전단지 효과도 있어 조금씩 손님이 찾아오게 되었다.

디저트를 메뉴에 넣어서 여성 손님들도 와주게 되었지만,

그것도 언 발에 오줌 누기 정도일 뿐, 번성했다고는 말할 수 없는 상황이었다.

의상의 옷감 비용과 재료비 등, 경비도 꽤 들었는데…….

"내일도 이 상태면 정말 끝이야……."

단순계산으로 오늘의 2배는 손님을 불러들이지 않으면 목표를 달성할 수 없겠지.

그리고 그 숫자가 얼마나 어려운지 점포 경영의 어려움을 배운 케이키는 아플 정도로 이해하고 있었다.

적어도 전단지 배포나 신메뉴의 투입으로 어떻게 될 숫자는 아니었다.

문화제 중에 변제 자금을 조달할 수 있을 거라고는 도저히 생각할 수 없었다.

"내가 좀 더 제대로 계획을 세웠더라면……."

빡빡한 스케줄 속에 부원들은 수면 부족이 되면서도 카페 준비를 해주었다.

오늘도 거의 쉬지 못한 채 종업원으로서 일해 주었다.

그런데도 결과를 내지 못한 건 매니저인 자신의 책임이었다.

"뭔가…… 뭔가 방법을 생각해내야 해……."

내일 개점 시간까지 타개책을.

많은 사람들이 찾아올 수 있을 만한 플랜을.

그게 불가능하다면 서예부는 폐부가 될 것이다.

"폐부……."

머릿속을 스쳐 가는 건 토키하라 사유키의 우는 얼굴이었다.

서예부가 사라지면 또 그녀가 울고 말겠지.

또 그날 밤처럼―.

"……윽!"

그렇게 생각했더니 눈물이 흘러나왔다.

자신의 능력 부족이 분해서, 또 단념하게 될 것만 같은 약한 자신이 한심해서, 최선을 다해 따라와 준 동료들에게 미안해서―.

"난…… 어떻게 해야 하는 거지……?"

얼굴을 감추듯 고개를 숙이고 어쩔 수 없는 기분을 토해냈다.

어두운 마음에 뭉개질 것 같던 그때, 누군가가 책상 위로 손수건을 내밀었다.

"―응?"

부원들 중 누군가가 돌아온 걸까?

확인하기 위해 고개를 들었을 때 귀엽고 둥근 눈동자로 빤히 이쪽을 내려다보는 곰돌이 인형탈과 눈이 마주쳤다.

"으아아아아아아아아아아악?!"

근래에 보기 드문 공포영상에 자신도 모르게 의자에서 홱 물러선 케이키.

큰 소리에 놀란 건지 서둘러 발길을 돌린 곰돌이가 교실을 뛰어나갔다.

"어째서 곰돌이가……."

책상에 놓인 손수건을 손에 들고 일련의 행동에 대한 의미를 생각했다.

"……혹시 위로해주려고 한 건가?"

하지만 일면식도 없는 인형탈이 그런 짓을 할 이유를 알 수 없었다.

건물을 배회하고 있다 우연히 케이키를 발견했다―그런 이유는 너무 부자연스러웠다.

생각해보면 그 곰돌이는 처음부터 이상했다.

유이카에게 전단지를 요구했을 때도 줄곧 아무 말이 없었고 가게에 왔을 때도 생각해보면 머리 부분을 벗지 않고 오므라이스를 전부 다 먹어치웠다.

마치 안에 있는 사람의 정체를 숨기려는 듯―.

"설마―."

한 가지 가능성에 생각이 미쳤고 케이키도 교실을 뛰어나갔다.

어지간히 발이 느린 모양인지 별로 떨어지지 않은 거리에 그 곰돌이가 있었다.

"기다려!"

"……읏!"

저지의 목소리도 듣지 않고 튀어 오르듯 도망가는 곰돌이.

하지만 상대는 인형탈. 그 속도는 절망적일 정도로 느렸다.

당연히 가벼운 차림의 인간에게서 도망치지 못했고 추적을 개시한 지 얼마 지나지 않아 복도 막다른 곳으로 몰아넣을 수 있었다.

역시 포기한 듯 막다른 곳에 몰린 곰돌이가 얌전히 뒤를 돌아보았다.

그런 인형탈을 향해 케이키는 양손을 뻗었고,

"여전히 저질 체력이네요—."

그렇게 말하며 곰돌이의 머리를 살며시 들어 올렸다.

"—사유키 선배는."

"……들컸네."

인형탈 속 사람은 토키하라 사유키, 바로 그 사람이었다.

겸연쩍은 듯 시선을 피하는 상급생을 보고 케이키는 미소를 지었다.

"그것보다 왜 인형탈을 쓰고 온 거예요?"

"……그치만 얼굴을 마주하기 힘들었는걸."

"무슨 뜻이에요?"

"어제 우리 집에 사진을 갖고 와줬잖아?"

"아, 네. 갖고 갔었죠."

"그걸 보고 메이드 카페가 궁금해졌는데 케이키와는 싸움 중이고 얼굴을 내밀기 힘들었던 난 인형탈을 쓰고 엿보려고 한 거야."

"왜 설명하는 말투로……."

하지만 하고 싶은 말은 이해할 수 있었다.

얼굴을 마주하기 힘들다고 인형탈을 쓴 건 역시 이해하기 힘들지만.

"애초에 그런 건 대체 어디서 조달한 거예요?"

"그냥 학교 창고에 놓여 있었어."

"어쨌든 천천히 이야기하고 싶으니까 교실로 돌아가요."

"응……."

인형탈의 머리 부분을 겨드랑이에 끼고 복슬복슬한 손을 잡은 채 그녀는 솔직하게 따라왔다.

교실로 돌아온 케이키는 곰돌이의 머리를 책상 위에 올려놓았다.

그 옆에서 사유키가 몸을 비틀며 능숙하게 등 뒤의 지퍼를 열고 '으쌰, 으쌰' 하며 인형탈을 벗었다.

"안에는 평범한 교복이네요."

"후후, 알몸일 줄 알았어? 아쉽겠네."

"아무도 기대하지 않았거든요."

"……."

"……."

평소처럼 후배를 놀린 후 사유키는 어색한 듯 입을 다물었다.

그리고 그건 케이키도 마찬가지.

이야기를 하고 싶다고 했으면서 막상 마주보게 되자 말이 나오지 않았다.

여하튼 두 사람은 싸움 중.

그것도 꽤 진심으로 말다툼을 했기 때문에 어색함도 한층 더해졌다.

사유키도 우스꽝스러운 말을 지껄인 건 긴장의 반동이었을지도 모른다.

"……나, 계속 보고 있었어."

"네?"

"케이키와 부원들이 전단지를 나눠주는 것도, 손님들을 모으기 위해 핫케이크를 만들었던 것도, 모두가 최선을 다하는 모습도 뒤에서 몰래 보고 있었어."

"보고 있었던 거야……?"

인형탈이 살금살금 엿보다니, 옆에서 보면 완전히 수상한 사람 같았겠지.

"그리고 집에 틀어박혀 있었던 내가 부끄러워졌어. 모두가 서예부를 위해 최선을 다하고 있는데, 난 뭘 하고 있는 걸까, 하고."

"선배는 나쁘지 않아요. 원래는 내가 심한 말을 해서 상처를 입은 게 원인이니까요."

"혹시 처녀 선배라는 대사 말이야? 그렇다면 별로 신경 안 쓰는데."

"아뇨, 그게 아니라. 제가 서예부보다 학생회가 더 좋다고 했던 거 말이에요."

"그것도 잘못한 건 나였는걸. 케이키는 걱정돼서 야단친 건데 내가 동정이라는 마음에도 없는 말을 하면서 화나게 해버린 거지?"

"응, 뭐……그 말에 대해서는 역시 화가 나긴 했었죠."

"아, 역시나?"

"하지만 선배를 울린 건 사실이니까요. ―미안했어요."

"케이키……."

사유키를 울린 이후 계속 후회했다.

아무리 후회해도 과거는 되돌릴 수 없는데.

그래서 전하지 못하고 후회하지 않도록 그녀를 만나면 사과를 하겠다고 결심했었다.

"……나 말이야, 케이키에게 말 못 한 게 있어."

"말 못 한 것?"

"최근 케이키, 꽤 즐거워 보였잖아? 학생회 일도 충실하게 했던 것 같고, 후지모토와도 점점 사이가 좋아지고."

"뭐, 그랬죠."

"코가가 그랬어. 이대로면 부비 변제가 끝나도 케이키는 돌아오지 않을지도 모른다고."

"네? 유이카가 그런 말을?"

"그래서 코가와 나머지 부원들은 케이키를 되찾겠다고 했는데."

"아아, 탈환 작전이라고 했던 그건가……?"

그저께 합숙에서 부원들이 그런 이야기를 했는데, 역시 학생회로부터 케이키를 되찾는 계획이었던 모양이다.

"어라? 하지만 사유키 선배는 특별히 아무것도 하지 않았잖아요?"

"응. 나는 참가하지 않았으니까."

"그건 또 어째서?"

"케이키는 나 때문에 학생회의 임시 임원이 됐는데 서예부로 돌아와 달라고 하는 건 너무 제멋대로잖아. 그런 억지는 용납되지 않을 것 같았어."

"혹시……그게 사유키 선배가 할 수 없었던 말?"

"응, 맞아. 돌아와 줬으면 좋겠다는 그 한마디를 할 수 없었어."

쓸쓸하게 고개를 끄덕이고 그녀는 확 고개를 들었다.

"하지만 케이키에게 학생회가 더 좋다는 말을 들었을 때, 생각했어. 역시 케이키가 옆에 있어 줬으면 좋겠다고. 이제 나에게 케이키가 없는 서예부는 생각할 수 없는걸."

"사유키 선배……."

아름다운 미소를 마주하자 얼굴이 뜨거워졌다.

"저기, 케이키는? 케이키는 어떻게 생각해?"

"전……."

짓궂은 질문이라고 생각했다.

계속 숨어서 보고 있었다면 내 생각 같은 건 이미 알고 있을 텐데.

(그러고 보니 사유키 선배는 장난을 좋아했지.)

사람 놀리는 걸 좋아하고 곤란하게 하는 걸 좋아했다.

그리고 케이키는 그런 곤란한 선배가 좋았다.

애초에 서예부를 지키기로 한 것도 그녀가 우는 걸 원치 않았기 때문이니까.

그러니까 그녀의 질문에 대한 답은 이미 정해져 있었다.

"저도 서예부가 좋아요. 사유키 선배가 있는 서예부가."

후배의 마음을 듣고 사유키가 기쁜 듯 미소 지었다.

처음부터 같은 마음이었는데 사소한 일로 엇갈려버린 단추를 드디어 다시 끼울 수 있게 되었다.

"하지만 사실 카페 매상이 자랑스럽지 않아서. 이대로면 서예부는……."

"그거라면 괜찮아."

"네?"

"가게라면 나에게 맡겨. 나에게 따로 비책이 있으니까."

"비책?"

"나도 오늘 하루 인형탈을 쓰고 그냥 놀고 있었던 것만은 아니었어. 교내에서 인기 있는 상영물을 리서치하고 있었지."

"곰돌이가 복면 조사를······."

메이드 카페의 경영난을 파악한 사유키는 단독으로 시장 조사를 하고 있었던 모양이다.

"그리고 창의적이고 다양한 아이디어를 접하는 동안 드디어 손님을 모으기 위한 비법을 찾았어."

"그런 마법 같은 비법이?!"

"알고 싶어?"

"부디!"

몸을 앞으로 쑥 내민 후배에게 사유키는 득의양양하게 고개를 끄덕였고,

"즉— 인스타 감성이야!"

자신만만한 표정으로 인싸 언어를 내뱉었다.

문화제 둘째 날. 체육관에서는 아침부터 대대적인 이벤트가 개최되고 있었다.

그 이름도 "모모 고교 가장 콘테스트"

각자 가장을 한 학생들이 개인기를 보여주고 그 점수로 경쟁하는 이벤트.

사전에 신청만 하면 소도구를 쓰는 것도 괜찮은 것 같았다.

뒤쪽 자리에서도 볼 수 있도록 여러 곳에 카메라가 설치되어 있었고 스테이지 스크린에 출연자의 영상이 나오도록 만들어져 있었다.

현재, 무대 위에 서 있는 건 장신의 남자.

원숭이를 본뜬 전신 파자마를 껴입고 바나나를 사용해 능숙하게 저글링을 하고 있었다.

참고로 사회를 맡은 건 여자 교복을 입은 미타니 린.

"오오─?! 이거 굉장한데요?! 역시 배구부의 젊은 에이스! 높은 신체 능력을 활용한 멋진 저글링입니다!"

미모의 여장 남자는 마이크를 손에 들고 흥분한 채 실황을 전했고 실로 즐거워 보였다.

그런 후배의 모습을 케이키와 아야노 두 사람이 관객석에서 지켜보고 있었다.

"설마 린코가 사회자일 줄이야……."

"가장 콘테스트의 사회는 대대로 귀여운 여자가 맡는 게 관례니까. 문화제 실행위원장이 직접 부탁한 것 같더라고."

"애초에 린코는 여자가 아니잖아."

위원장도 린을 여자라고 착각하고 있는 걸까?

"그건 그렇고 굉장히 분위기가 고조됐네."

"이 이벤트, 학생들에게 굉장히 인기가 많으니까."

가장 콘테스트는 대성황이었고 관객용 파이프 의자는 대부분 차 있었다.

뒤쪽에 서서 보고 있는 학생들도 있을 정도였다.

아야노와는 이벤트 개시 전에 우연히 만났고 모처럼이니 함께 스테이지를 보기로 했는데 두 사람의 자리가 비어 있었던 건 행운이었다.

"그럼 심사위원 여러분께 총평을 들어보죠!"

무대 끝에는 긴 테이블이 설치되어 있고 세 명의 심사위원이 앉아 있었다.

마주보고 오른쪽부터 머리를 세 갈래로 딴 성실해 보이는 여학생에, 근육질에 스포츠형 머리의 남학생, 지적으로 보이는 안경 낀 남학생.

그 전원이 문화제 실행위원으로 안경을 낀 남학생은 위원장이었다.

한 명이 10점씩 가장과 개인기의 퀄리티를 30점 만점으로 채점하는 방식이었다.

"멋졌습니다~. 꽃미남인 것도 포인트가 꽤 높았어요~."

"전체적으로 근육이 부족하지만 꽤 볼 만했어요."

"흐음…… 실로 색달랐어."

몽키 남학생의 바나나 저글링은 관객들에게 반응이 아주 좋았다.

심사위원인 머리를 세 갈래로 딴 여학생, 스포츠머리 남학생, 위원장의 평가도 높았다.

총평이 끝나고 채점으로 이어졌고, 심사위원들이 점수를 쓴 보드를 공개했다.

"9점! 8점! 9점! 합계는 26점! 여기서 고득점이 나왔습니다!"

30점 중, 26점이라는 좋은 성적.

여기서 몽키 남학생도 승리를 확신하며 주먹을 불끈 쥐었다.

관객들을 향해 의기양양하게 손을 흔들면서 무대 가장자리로 돌아갔다.

"사유키 선배, 괜찮을까……?"

어제 방과 후, 사유키는 이 '가장 콘테스트'에 출전하겠다는 말을 꺼냈다.

메이드 카페를 다른 부원들에게 맡기고 케이키가 체육관에 있는 건 그 이유였다.

사유키 왈, 콘테스트의 출전이 그 '인스타 감성'으로 이어진다고 했다.

오늘 아침에도 자신감이 넘치는 미소로 자신에게 맡겨달라고 호언장담했지만 솔직히 불안감을 떨칠 수 없었다.

"그럼, 서운하시겠지만 다음이 마지막 도전자입니다!"

린이 내뱉은 마지막이라는 말에 이벤트 현장에서 '에이—?!'라든가 '아직 더 보고 싶어!' '미타니, 나와 결혼해줘!' 같은 목소리가 날아들었다.

(그러니까 그 녀석은 남자라니까.)

귀여운 겉모습에 속아선 안 된다.

녀석에게는 훌륭한 물건이 붙어 있답니다.

"후후후, 마지막 도전자는 초미인 누님이니 남학생 여러분은 틀림없이 기뻐하시겠죠?"

남심을 갖고 노는 악녀처럼 거드름을 피우는 린코.

관객들의 기대를 고조시키며 남장 여자가 크게 외쳤다.

"그럼 등장하겠습니다! 서예부 부장, 토키하라 사유키 양입니다!"

그렇게 그녀는 무대 가장자리에서 모습을 드러냈다.

검은색과 흰색을 바탕으로 한 메이드복에 몸을 두르고 긴 흑발을 포니테일 스타일로 묶은 글래머 미녀의 등장에 관객들이 큰 환호성을 질렀다.

사유키가 스테이지 중앙에 섰고 담당 남학생이 책상을 갖고 와 그녀 앞에 놓았다.

그리고 다른 학생이 책상 위에 오므라이스가 담긴 종이

접시를 올려놓았다.

이 이벤트를 위해 미즈하가 정성을 다해 만든 일품이었다.

다만 가게에서 파는 것과는 달리 하트는 그리지 않은 상태.

"사유키 선배는 대체 뭘 할 생각이지?"

지금부터 뭐가 시작되는 걸까—.

케이키를 포함한 관객들이 지켜보는 가운데 메이드가 무언가를 꺼냈다.

"케첩?"

그건 어느 가정에나 있는 전혀 특별할 것 없는 케첩 용기였다.

"오늘은 여러분께 저의 묘기를 보여드리겠어요."

그렇게 말하며 용기를 높이 들고 다음 순간 알아볼 수 없을 만큼 빠른 속도로 오므라이스에 케첩을 뿌리기 시작했다.

아니, 그냥 뿌리기만 하는 건 아니었다.

능숙하게 용기를 다루며 오므라이스에 쓰고 있었던 건 문자.

그것도 도저히 케첩으로 썼다고는 생각할 수 없는 섬세하고 복잡한 문자로—.

"……훗, 또 쓸데없는 문자를 쓰고 말았네."

어딘가에서 들어본 듯한 대사를 중얼거리며 용기를 내려놓는 사유키.

카메라를 통해 스테이지 스크린에 비친 오므라이스에는 믿을 수 없을 정도의 달필로 '철두철미'라고 쓰여 있었다.

"굉장하다! 방금 그건 어떻게 쓴 거야?!"

"너무 빨라서 못 봤어!"

"케첩으로 쓸 수 있는 한자가 아니잖아?!"

메이드가 보여준 귀신같은 솜씨에 시끄러워지는 이벤트장.

"토키하라 선배, 굉장해……."

"완전 엉터리잖아……."

아야노도 놀란 듯했고, 케이키는 벌어진 입을 다물지 못하는 상태였다.

"꽃미남 이외에는 수비 범위 밖이지만 꽤 볼 만했어요~."

"근육이 없는데도 멋지고 재빠른 솜씨였어."

"그래. 실로 멋진 케첩놀림이었어."

케첩놀림이 뭐지?

위원장으로부터 수수께끼의 명언이 튀어나왔을 무렵 린이 정리에 들어갔다.

"총평을 들었으니 채점으로 이어가고 싶군요!"

총평 타임이 끝나고 세 사람의 심사위원이 보드에 점수를 썼다.

그리고 운명을 결정하는 결과가 발표되었다.

"10점! 10점! 10점! 합계 30점! 무, 무, 무, 무려?! 오늘 첫 만점이 나왔습니다!!"

만장일치의 만점 획득에 이벤트장이 크게 들썩였다.

"진짜야……?"

"설마 했던 우승……."

갑자기 이벤트에 출전하겠다는 말을 꺼내더니 간단하게 우승까지 거머쥐고, 만화 주인공 같은 사람이었다.

"그럼 지금부터 가장 콘테스트 표창식을 거행하도록 하겠습니다!"

"그전에 시간을 주면 안 될까?"

"네? ……아, 네. 그러시죠."

"고마워."

린에게 인사를 건네고 마이크를 손에 든 채 스테이지 앞에 선 사유키.

"여러분, 봐주셔서 감사합니다. 여기 이 오므라이스는 특별교실 건물 1층 메이드 카페에서 제공하고 있으니 괜찮으시면 꼭 와주세요!"

꼼꼼하게 가게 선전을 하고 미소를 짓는 흑발 메이드.

그 사랑스러운 미소에 이벤트장은 열광의 소용돌이에 휩싸였다.

그리고 기적의 스테이지로부터 한 시간 후.

케이키와 아야노 두 사람은 한층 더 기적 같은 모습을 눈앞에서 직접 보고 있었다.

"이거…… 굉장하다……."

"응……거짓말 같은 광경……."

서예부의 메이드 카페는 모든 자리가 꽉 찰 정도의 대성황을 보여주고 있었다.

많은 사람들이 모이는 이벤트에서 그만큼 눈에 띄면 싫어도 화제가 된다.

가장 콘테스트에서 사유키가 묘기를 보여준 후, 서예부의 오므라이스에 대한 정보는 눈 깜짝할 사이에 교내에 퍼졌다.

케첩으로 어떤 난해한 문자라도 쓸 수 있다는 보충 설명을 덧붙여서.

그 결과, 이야기를 우연히 들은 학생들이 대거 밀어닥친 것이다.

"미즈하 선배! 오므라이스 추가 있어요!"

"아, 네에!"

"미즈하, 이쪽도 오므라이스 부탁해!"

"으앗?! 아, 알겠어요!"

교실 밖에까지 행렬이 생기고 주방도 풀가동 중이었다.

늘 느긋한 미즈하가 분주하게 주문을 처리하고 있었다.

"주문하신 음식 나왔습니다~."

"계산 말이시죠? 감사합니다."

유이카와 마오도 바쁘게 접객을 위해 돌아다녔고, 그리고―.

"지정해주신 글자는 '화기애애'셨죠? 알겠습니다! 그럼 정성 들여 써드리겠습니다!"

완성된 오므라이스에 사유키가 케첩으로 문자를 써 내려갔다.

손님의 눈앞에서 문자를 써주는 서비스는 대호평.

오므라이스와 달필의 조합이 인스타 감성에 열광하는 여자들 사이에서 화제가 되었고 방금 사유키가 글씨를 써준 학생도 스마트폰으로 사진을 찍고 있었다.

사유키의 '인스타 감성'을 노린 작전은 크게 적중한 것이다.

"사유키 선배가 말한 대로 좀 넉넉하게 재료를 사두길 잘했어."

실패하면 크게 적자를 봤겠지만 이제 그런 걱정은 필요 없겠지.

오히려 재료가 부족하지 않을까 걱정될 정도였다.

"……굉장해, 토키하라 선배."

가게 구석에서 옆에 서 있던 아야노가 중얼거렸다.

"저 오므라이스. 서예부다운 멋진 메뉴라고 생각해."

"그래, 나도 그렇게 생각해."

케첩으로 글자를 써주는 서비스는 평범한 메이드 카페에도 있지만 이 정도의 달필로 쓸 수 있는 메이드는 세계가 아무리 넓다고 해도 사유키 뿐일 것이다.

케첩 문자 주문이 끊긴 타이밍에 사유키가 말을 걸었다.

"케이키, 슬슬 순찰 시간이지?"

"가게를 내버려두고 가는 건 가슴 아픈 일이지만요."

"어쩔 수 없지. 케이키에겐 케이키의 일이 있는걸."

"사유키 선배……."

"메이드 카페는 나에게 맡겨. 지금까지 땡땡이친 만큼 열심히 일할 테니까."

"그래요. 선배는 충분히 벌충해야 해요."

사유키에게 맡기면 아무런 문제도 없겠지.

여하튼 그녀는 케첩으로 가게를 구한 기적의 메이드.

얄미울 정도로 우수하고 믿음직스러운 서예부의 부장이니까.

문화제 이틀째 정오.

사립 모모사와 고등학교 학생회실에는 임원들이 다 모여 있었다.

회장인 타카사키 시호에 부회장인 후지모토 아야노, 회계인 나가세 아이리와 서기인 미타니 린(남장 차림)을 포함한 정규 멤버와 함께 임시 임원인 키류 케이키까지 5명이 테이블을 둘러싸고 착석하고 있었다.

케이키와 아야노가 순회 임무에 들어가려던 찰나, 시호에게서 전화가 걸려와 학생회실로 소집되었다.

"모두 집결했네. 그럼 순회에 들어가기 전에 긴급 미팅을 시작하겠습니다."

멤버들의 출석을 확인한 후 시호가 그렇게 말을 꺼냈다.

"문화제도 이제 오후 몇 시간밖에 안 남았는데 좀 문제가 생겼어."

"문제?"

"응, 실은 문화제 실행위원장이 쓰러지고 말았어."

"네? 위원장이요?"

문화제 실행위원장이라면 가장 콘테스트에서 심사위원으로 있었던 안경 낀 상급생이었다.

"하지만 위원장님은 방금까지 아무렇지도 않게 이벤트 심사위원을 맡고 있었는데요?"

"그게 말이지, 그 이후 여학생에게 고백을 했다가 실연당한 것 같아."

"아―, 그렇군요……."

문화제로 고조된 분위기 속에 고백―이라는 이야기는 비교적 자주 들었었다.

위원장도 짝사랑 상대에게 도전했다가 거부당했겠지.

마음속으로 위원장에게 경례를 보내고 있는데 아이리가 작게 손을 들었다.

"참고로 위원장님은 누구에게 고백했나요?"

"아―, 그게 말이지……."

왠지 하기 어려운 것처럼 말을 흐리는 학생회장.

대신 대답한 건 아이리 옆에 앉은 린타로였다.

"아, 그거 저예요."

"'뭐?'"

뜻밖의 정보에 케이키와 아이리의 목소리가 하모니를 이루었다.

"이벤트가 끝난 후, 위원장님이 말을 걸어서는 '미타니가 좋아! 나랑 사귀어 줘!'라는 느낌으로 열렬한 고백을 하셨거든요……."

"우와아……."

아무래도 위원장은 함께 문화제 준비를 하는 동안 린을 좋아하기 시작했고 마침내 마음을 억누를 수 없게 되어 고백에 이른 것 같았다.

린에게 이벤트 사회 역할을 부탁한 것도 흑심이 있었던 거겠지.

고백 장면을 상상한 건지, 기분 나쁜 듯한 얼굴을 한 아이리가 린에게 물었다.

"그래서, 미타니는 위원장님한테 뭐라고 했어?"

"난 남자라서 여자에게밖에 흥미가 없다고 말했는데."

"내가 위원장이었으면 옥상에서 뛰어내렸을 거야."

"불쌍해……."

"남자는 싫지만 역시 좀 안 됐네요……."

121

케이키나 아야노는 물론이고 남자를 싫어하는 아이리조차 위원장을 동정하고 있었다.

짝사랑했던 상대가 실은 남자였다니, 악몽이라고밖에 말할 수 없었다.

"뭐, 문화제 실행위원회 지휘는 부위원장이 맡아줄 거고 그렇게 큰 문제는 아니지만."

"아니, 꽤 심각한 문제라고 생각하는데요……."

적어도 위원장이 마음에 깊은 상처를 입은 건 틀림없었다.

"그리고, 지금부터가 본론인데. 실은 지금 교내에 수상한 사람의 목격 정보가 나오고 있어."

"수상한 사람?"

"뭐, 단적으로 말하자면 '변태'겠지."

"네……?"

변태라는 단어에 가슴이 두근거렸다.

일순, 서예부 부원들의 얼굴이 떠올랐지만 그녀들은 카페에서 바쁠 테니까.

교내에서 문제를 일으킬 시간은 없겠지.

"그건 어떤 변태인가요?"

"그러니까……듣자 하니 스무 살 정도의 젊은 여성으로, 남학생들에게 말을 걸어서는 '누나랑 좋은 거 안 할래?'라고 유혹하고 돌아다니는 것 같아."

"정말 알기 쉬운 변태네요……."

정말 전형적인 변태의 소행에 아이리가 '흥'하고 코웃음을 쳤다.

"남자에게 말을 거는 이유를 알 수가 없네요. 귀여운 여자라면 몰라도."

"아니, 그건 그거대로 문제잖아."

어른 여성과 여고생에 의한 금단의 러브 로맨스가 시작되고 말 것이다.

(것보다 자주 생각하는데 나가세 씨는 정말 취미를 숨길 생각이 있는 걸까?)

여자들끼리의 사랑—이른바 백합 계열의 이야기를 좋아하는 나가세.

학생회 멤버들에게는 그 취미를 숨기고 있는 그녀였지만 가끔 무심코 위험한 발언을 하기 때문에 케이키가 더 초조했다.

"선생님들도 수상한 사람을 찾고 있는 것 같은데 아직 찾지 못한 것 같아. 이제 교내에 없을 가능성도 있지만 확인할 수 있을 때까지는 안심할 수 없으니까."

"그래요. 저로서도 우리 학생들이 그런 녀석의 독니에 걸리는 건 그냥 지나칠 수 없어요."

사랑이 없는 행위는 용납할 수 없었다.

그게 키류 케이키의 양보할 수 없는 방침.

자신의 동정은 좋아하는 상대에게 바치겠다고 마음먹은

케이키에게 순진한 남자를 유혹하는 변태녀는 명확한 적이
었다.

"그러니까 오후 순찰은 안전을 생각해서 2인 1조로 하겠
습니다. 케이키는 아야노와, 린은 아이리와. 남학생들은 파
트너를 잘 지켜줘."

"알겠습니다."

"키류랑 함께라면 안심이야."

"맡겨주세요! 아이는 제가 지킬게요!"

"뭐, 어쩔 수 없지……것보다 혼란을 틈타 아이라고 부르
지 마."

여전히 린에게는 엄격한 아이리였지만 사정이 사정이니
만큼 얌전히 결정에 따랐다.

겉모습은 미소녀라도 린은 어엿한 남자였다.

변태와 우연히 만나도 아이리를 지켜주겠지.

"순회 중에는 각자 충분히 주의할 것. 난 문화제 실행 본
부에 있을 테니까 수상한 사람을 발견하면 바로 연락할 것.
알았지?"

시호의 말에 모두가 고개를 끄덕였다.

"그럼 오후 업무를 시작하겠습니다!"

"""""오오-!!"""""

이렇게 교내 치안을 지키기 위한 학생회 임원들의 싸움이
시작되었다.

학생회실을 나간 키류·후지모토 페어는 바로 일을 개시했다.

"좋아, 우선 대충 건물 내부를 돌아보자."

"알겠습니다, 키류 대장."

"후지모토가 더 높잖아. 부회장이고."

"그랬었지. 그럼 대장은 아야노가 하는 걸로."

가슴 앞에서 주먹을 꽉 쥐고 기합을 넣는 부회장이 귀여웠다.

그런 아야노가 느닷없이 보호욕을 불러일으키려는 듯 눈을 위로 치켜뜨고 케이키를 바라보았다.

"저기, 키류에게 부탁이 있는데."

"부탁?"

"오늘 일을 열심히 하면 상으로 키류의 팬티를─."

"안 줄 거야."

"으윽, 아쉽다……문화제 중이라면 받을 수 있을 거라고 생각했는데."

"왜 받을 수 있을 거라고 생각한 거야……?"

여자에게 자신의 팬티를 선물하고 싶어질 날은 영원히 오지 않을 것이다.

냄새 페티시스트인 아야노가 케이키의 냄새를 좋아하게 된 지 몇 개월.

아직 그녀는 케이키가 입다 벗은 팬티를 갖고 싶어 하며 자신 전용의 안는 베개로 만들기 위한 계획을 꾸미고 있었다.

"……뭐, 어쨌든 행동개시."

"알겠습니다, 키류 대원."

걷기 시작한 키류 대원에 이어 대장인 아야노가 옆에 나란히 섰다.

눈이 마주치자 그녀는 싱긋 미소 지었다.

(후지모토는 웃으면 엄청 귀엽구나…….)

평소에는 무표정인데 가끔 기습적으로 미소를 보여주었다.

학생회에서 일하게 되면서 알게 된 후지모토 아야노는 일에 대해선 엄격하고 일면식도 없는 누군가를 위해 최선을 다할 수 있는 상냥한 여자아이였다.

(내가 사유키 선배와 싸웠을 때도 격려해줬고…….)

어떻게 해야 좋을지 모를 때, 멈춰 선 케이키의 등을 밀어주었다.

아야노가 있었기 때문에 케이키는 사유키와 화해할 수 있었다.

그렇기 때문에―.

(후지모토에게는 제대로 전해야 해…….)

보류하고 있었던 '대답'을 그녀에게 전해야 했다.

그게 그녀가 준 상냥함에 대한 성의라고 생각하니까.

"그건 그렇고 왠지 교실 건물에는 사람이 별로 없네."

"역시 다들 이벤트가 열리는 체육관으로 갔겠지."

문화제의 꽃이라면 스테이지겠지.

오전의 가장 콘테스트도 인기가 많았지만 오후에도 연극부 무대나 취주악부의 연주 등, 인기 있는 종목이 주목을 받고 있었다.

그런 영향 때문인지, 교실 건물에서 발견되는 학생들의 수는 적은 것 같았다.

"게다가 슬슬 치어리딩부의 발표회도 있고."

"아아, 그건 남자들이 가만히 있지 않겠지."

타이쇼 로망 카페로 호평을 얻고 있는 치어리딩부였지만 본업인 치어리딩 연기도 인기가 높았다.

작년에는 케이키도 같은 반 남자애들과 보러 갔었다.

"아이리도 꼭 보러 가겠다고 했어."

"일하는 중인데……."

아마 귀여운 여자애들이 땀을 흘리는 모습을 보고 백합적인 망상을 할 생각이겠지만 너무 흥분해서 코피라도 흘리지 않을지 걱정이었다.

"치어리딩부의 발표회도 흥미가 깊지만 나로서는 타카사키 선배가 말했던 이야기가 더 신경 쓰여."

"수상한 사람에 대한 이야기?"

"그래. 어째서 학교에서 남자를 낚으려는 걸까?"

"욕구불만이라서?"

"아니, 뭐 그럴수도 있겠지만……."

"어쩌면 연하남을 좋아하는 걸지도."

"쇼타콘이라는 거야?"

쇼타콘이라는 건 로리콘의 대극에 위치한 소년을 좋아하는 여성을 가리킨다.

욕구불만인 쇼타콘이 젊은 육체를 찾아 교내를 떠돌고 있는 걸까?

그렇다면 더욱더 우리 학생들의 정조가 위험했다.

"수상한 사람이 쇼타콘이라면 린타로를 먹이로 하면 낚이지 않을까?"

"그럼 미타니의 정조가 위험하잖아."

"확실히……하지만 수상한 사람을 방치하면 다른 남자의 정조가 위험할 거야."

"그건 큰일인데……그렇다면 수상한 사람의 사고를 시뮬레이션해보는 게 좋을 것 같아."

"역시나. 사고를 파악하고 행동을 추측하자는 거야?"

"만약 키류가 학교에서 나쁜 짓을 한다면 그 이후 어떻게 할 거야?"

"나라면 인기척이 없는 장소에 몸을 숨기겠지. 예를 들면─."

주변을 둘러보며 평소부터 쓰지 않는 교실을 주의해서 보았다.

"이런 빈 교실은 절호의 은신처가 되지."

그런 느낌으로 무심히 미닫이문을 열었다가—

"자, 코하루? 부끄러워하지 말고 좀 더 큰 소리로 말해줘."

"저, 정말…… 이걸로 마지막이에요. 쇼마 오빠♪"

"……."

터무니없는 장면과 맞닥뜨리고 말았다.

대낮의 학교 교실에서 쇼마가 코하루에게 오빠 플레이를 시키고 있었다.

"쇼마가 코하루 선배에게 오빠라고 부르게 하고 있어……."

"설마 했던 오빠 플레이……."

"앗, 케이키?!"

"후지모토도?!"

""실례했습니다~.""

방해한 게 미안해 몰래 문을 닫은 목격자.

"좋아, 문제는 없는 것 같으니까 다음 교실로 갈까?"

"응. 우리는 아무것도 못 봤고, 못 들었어."

그대로 아무 일도 없었던 것처럼 순찰을 재개하려고 하는데 미닫이문이 열리며 당황한 모습의 쇼마가 뛰어나왔다.

"두 사람 모두 기다려! 나의 이야기를 들어줘!"

"아니, 어둠이 너무 깊을 것 같아서 듣고 싶지 않아……."

"대수롭지 않은 우발적인 충동이었어! 우리 집은 누나밖에 없으니까 여동생을 동경했거든. 그래서 한 번이라도 좋으니까 '오빠'라고 불려보고 싶었어!"

"꿈이 이뤄져서 다행이야."

애초에 코하루는 여동생은커녕 연하조차 아니었지만…….

"코하루 선배도 용케 동의했네요."

"쇼마의 부탁이라면 어떤 일이든 이뤄주고 싶었으니까요."

"선밴 정말 천사예요."

정말 귀여운 여자친구였다.

"그런데 케이키와 후지모토는 이런 곳에서 뭐 하는 거야?"

"아, 이 근처에서 수상한 사람을 찾고 있었어."

"수상한 사람?"

"실은, 남학생들을 유혹하는 변태가 나온다고 해서."

아야노가 간단히 사정을 설명했다.

"흐음? 그런 녀석이 나오다니, 이 마을도 꽤 위험해졌네."

"로리콘도 경우에 따라서는 꽤 위험하다고 생각하는데."

초등학생들의 하교 풍경에 미소 짓는 친구를 볼 때 가끔 불안해질 때가 있다.

"쇼마랑 코하루 선배는 혹시 수상한 사람 못 봤어?"

"으─음…… 특별히 보진 못했는데."

"그래요. 점심시간 전에 '저렇게 귀여운데 남자일 리가 없어!'라고 말하며 울던 사람이라면 봤는데."

"그건 아마 문화제 실행위원장……."

남자라는 걸 모르고 린코에게 고백했다 가엾게도 실연을 맛본 불쌍한 사람이었다.

그의 마음속 상처가 치유되기를 빌 뿐이었다.

"뭐, 우리도 찾으면 연락할게."

"그래, 부탁해. 우리는 이제 갈 테니까 마음껏 오빠 플레이를 즐기도록 하고."

"부탁이니까 그건 잊어줘!"

한바탕 쇼마를 놀리고 케이키와 후지모토는 순찰을 이어나갔다.

"아키야마랑 오오토리 선배, 여전히 사이가 좋네."

"그러게. 정말 부러워."

정말 오래도록 폭발했으면 좋겠다.

그렇게 미래의 친구 부인을 축복하고 있는데 주머니 속에서 스마트폰이 진동했다.

"……응? 타카사키 선배?"

학생회장에게서 온 전화에 바로 통화 버튼을 터치했다.

"여보세요?"

『아, 케이키? 미안해, 갑자기.』

"아뇨, 괜찮아요. 무슨 일이세요?"

『아까 말했던 수상한 사람 말인데, 1학년 귀신의 집에서 목격 정보가 들어왔어. 미이라 역할을 맡은 남학생에게 말을 걸었대.』

"미이라까지 수비 범위 안이라니……."

드디어 변태가 한층 더 발전된 모양이었다.

『그리고 한 가지 새로운 정보가 들어왔는데. 그 수상한 인물이 굉장한 미인인 것 같아.』

"……미인은 대개 변태군요."

『뭐……?』

"아, 아뇨……아무것도 아니에요."

무의식적으로 말이 입 밖으로 나가고 말았다.

주변의 미소녀들이 일제히 변태였기 때문에 케이키의 머릿속에선『미인=변태』의 도식이 만들어져 있었다.

"일단 목격자에게 이야기를 들어볼게요."

『부탁할게.』

시호와의 통화를 끝내고 스마트폰을 주머니에 넣었다.

"무슨 일 있어?"

"수상한 사람에 대한 새로운 정보가 들어왔어. 귀신의 집으로 가보자."

"귀신의 집이라면 나가세의 반이네."

어제 아이리가 악마 소녀 차림으로 접수 담당을 맡았던 그 귀신의 집이었다.

그 교실 앞으로 가자 설녀 차림을 한 어른스러운 여학생이 고개를 들었다.

"어서 오십시오. 커플로 이용하실 건가요?"

"아아, 아니, 우린 손님이 아니야. 학생회 일로 수상한 사람을 찾고 있는데 이 반 남학생에게서 목격정보가 들어와 자세한 이야기를 들으러 왔어."

"아, 그렇군요."

"미안하지만 미이라 역할을 한 학생을 불러줄 수 없을까?"

"아……그게, 방금 손님이 들어가서……."

설녀가 말을 흐리던 그때, 교실 안에서 '싫어어어어어어어!!'라는 여자의 비명과 '으아아아아아아악!!'이라는 남자의 비명 소리가 잇따라 들려왔다.

"……."

"……."

비통한 고함 소리에 엉겁결에 입을 다물게 된 학생회 멤버들.

"뭐, 그런 느낌이라 조금 시간이 걸릴 것 같은데요. 혹시 급하시면 그는 안쪽에 있을 테니 직접 만나러 가시는 게 어때요?"

"뭐……?"

그건 즉, 귀신의 집에 들어가라는 뜻?

"어떻게 할래, 후지모토?"

"무섭긴 하지만 이러는 동안에도 피해자가 늘어날지 모르니까."

"그래……."

여기서 시간을 허비한 탓에 순진한 남학생이 변태의 독니에 걸리는 건 마땅치 않았다.

"갈 수밖에 없으려나……."

"무서우면 아야노가 손을 잡아줄게."

"뭐야, 후지모토 너무 멋있어."

미즈하나 사유키는 호러를 싫어했지만 아야노는 내성이 있을지도 모른다.

그리고─케이키와 아야노는 굳게 결심하고 공포의 어트랙션으로 발을 들여놓았다.

"……."

결론부터 말하면 귀신의 집은 엄청 무서웠다.

꼬불꼬불 구부러진 좁은 통로가 이어지고 요소요소에 귀신들이 기다리고 있는 심플한 구조였지만 그 귀신의 퀼리티가 장난 아니었다.

"……저기? 나, 예뻐?"

"히이익?!"

모퉁이를 돌았을 때 맞닥뜨린 입이 찢어진 여자가 너무 리얼해서 놀랐고,

"내 얼굴 돌려줘~."

"으아악?!"

가짜라고는 생각할 수 없는 얼굴 없는 귀신이 출현했을 때는 자신도 모르게 몸을 뒤로 젖히고 말았다.

"고등학교 문화제 레벨을 뛰어넘었잖아……."

지나친 완성도에 특수 메이크업 프로라도 있는 건 아닌지 의심하고 싶어졌다.

"꽤 무서운데?"

"그런 것치고 후지모토는 리액션이 너무 약하지 않아?"

"얼굴에 드러나지 않는 것뿐이야. 계속 가슴이 두근거리고 있어. ……만져볼래?"

"그런 말 하지 마. 다른 의미로 두근거리게 되니까."

"두근거려주면 좋을 텐데……아…….."

"후지모토?"

"키류, 저기…….."

멈춰 선 아야노가 손가락으로 한 곳을 가리켰다.

어두운 통로 끝으로 눈을 돌렸을 때, 거기에는 피투성이의 여자 유령이—.

"으아앗?!"

"꺄악?!"

너무 공포스러운 나머지 자신도 모르게 옆에 있는 아야노를 끌어안고 말았다.

자그마한 몸은 여기도 저기도 전부 부드러웠고 여자 특유의 달콤한 냄새가 나서 공포가 일순 부끄러움으로 바뀌었다.

"아……미, 미안…….."

"아니…….."

유령은 어느새 사라졌고 케이키가 몸을 떼자 그녀는 뺨을 화악 붉혔다.

"……끌어안는 건 익숙한데 안기니까 좀 쑥스럽네."

"여전히 후지모토의 기준을 모르겠어."

하지만 쑥스러워하는 그녀는 한 번 더 끌어안고 싶을 정도로 귀여웠다.

생각해보면 여자와 귀신의 집에 들어가는 건 꽤 리얼충 같은 이벤트 같았다.

뭔가 살짝 좋은 분위기로 변했고 이대로 흔들다리 효과 덕분에 커플이 탄생할지도—.

"……하아……하아……."

"……후지모토?"

핑크빛 망상을 하고 있던 케이키는 아야노의 몸에 일어난 이변을 뒤늦게 깨달았다.

묘하게 숨이 거칠어지고 얼굴도 새빨갰다.

눈도 열을 띤 채 글썽거리고 있었고 괴로운 듯 가슴을 누르는 등, 명백하게 상태가 이상했다.

"혹시 몸이 안 좋아?"

"그게…… 아니라…… 미안해…… 좀 흥분한 것 같아……."

"뭐?"

"키류가 갑자기 달라붙으니까 땀 냄새에 사로잡혀서……."

"나 때문이라는 거야?!"

"응, 전면적으로 키류 때문이야……그러니까 책임져."

"책임? ……저기, 잠깐?! 왜 벨트에 손을 대려는 거야?!"

"하아, 하아……팬티……키류의 팬티…….."

"후지모토?! 부탁이니까 정신 차려!!"

얼빠진 표정으로 벨트에 손을 대는 부회장.

팬티를 원하는 좀비로 변한 동료를 보며 케이키는 절망에 얼굴을 일그러뜨렸다.

"팬티이이이이이이이이이이이이!!"

"안 돼에에에에에에에에에에!!"

최종적으로 간신히 팬티는 사수했지만,

제정신을 잃은 변태 소녀의 손에 바지가 벗겨질 뻔했다는 귀신의 집의 취지와는 다른 공포를 싫을 정도로 맛보고 말았다.

좀비로 변한 아야노를 인간으로 되돌린 후, 귀신의 집을 답파한 케이키와 아야노는 무사히 미이라 역할의 남학생과 만날 수 있었다.

귀신의 집 밖에서 이야기를 듣는 동안 수상한 인물에 대한 새로운 정보가 나왔다.

수상한 미녀는 머리가 길고 롱스커트를 입었다고 했다.

그리고 언동과는 정반대로 청초한 분위기가 느껴졌다고.

귀신의 집에 혼자 들어온 수상한 미인은 역시 미이라 역인 남학생에게도 '누나랑 좋은 거 하지 않을래?'라고 유혹했다고 한다.

케이키가 '그렇게 미인인데 어째서 유혹을 거절했지?'라고 묻자 '저에게는 여자친구가 있으니까요'라고 겸연쩍은 듯 말해주었다.

"1학년 주제에 여자친구가 있다니, 건방지기는……."

"키류, 어른답지 못해."

"이런, 나도 모르게 비뚤어져서……."

마음속 목소리가 새어 나와 버렸지만, 이쪽은 모태솔로이자 연애난민이니까 이 정도의 비뚤어진 마음은 용서해줬으면 좋겠다.

참고로 미아라 역할을 맡은 남학생의 연인은 접수 담당이었던 설녀였다.

요괴 커플에게 이별을 고한 케이키와 아야노는 현재, 학교 식당 한 모퉁이를 차지한 채 정보를 정리하고 있었다.

"후지모토도 아무데서나 흥분하는 건 그만둬줘."

"그 일에 대해서는 정말 반성하고 있어."

"뭐, 끌어안은 나에게도 잘못이 있으니까 이번에는 무승부인 걸로 하자."

"이의는 없어."

"하지만 수상한 인물의 구체적인 정보를 얻은 건 큰 수확이었어."

"응. 머리가 길고 롱스커트를 입은 미인."

"그 정도의 특징이 있다면 찾는 것도 어렵지 않겠지."

수상한 인물 확보에 투지를 불태우는 케이키.

그러자 정확히 겨눈 듯한 타이밍에 다시 스마트폰이 진동했다.

화면을 확인해보니 이번에는 아이리에게서 온 착신으로……

"여보세요? 나가세?"

『아, 키류 선배인가요?! 큰일이에요! 지금 그 수상한 사람이 미타니에게 시비를 걸고 있어요!』

"뭐라고?!"

『지금 당장 응원을 부탁드려요! 장소는 중앙 정원이에요!』

"알았어!"

통화를 끊고 바로 아야노에게 상황을 전했다.

"린타로가 수상한 사람에게 붙들렸대! 중앙 정원으로 가자!"

"응!"

예상 못한 급전개였지만 여기서 수상한 인물을 포박할 수 있다면 학교의 치안은 지킬 수 있다.

그리고 모두의 정조도 지킬 수 있다.

아주 서둘러 중앙 정원으로 달려갔을 때 남장 차림의 린타로가 여성에게 붙들려 있었다.

등을 향하고 있었기 때문에 여성의 얼굴은 확인할 수 없

었지만 미이라 역의 남학생의 정보대로 머리가 길었고 롱스
커트를 입고 있었다.

그녀가 교내를 소란스럽게 하고 있는 수상한 인물임에 틀
림없겠지.

"네 얼굴, 정말 여자 같은데?"

"아, 네에. 그런가요?"

"우후후, 쑥스러워하는 것도 귀여워. 집에 데리고 가도 될
까?"

"아, 아뇨…… 그건 좀…….."

노골적으로 유혹하자 횡설수설하는 린타로.

아이리는 어떻게 해야 좋을지 몰라 좀 떨어진 위치에서
안절부절못하고 있었다.

남자치고는 몸집이 작은 린타로에게 말을 걸었다는 건 역
시 수상한 인물은 쇼타콘일지도 모른다.

어느 쪽이든 현행범이다. 정상 참작의 여지는 없었다.

"찾았다, 수상한 녀석!"

"응? 수상한 녀석이라면 날 말하는 거야?"

느긋한 목소리를 연주하며 여성이 천천히 뒤를 돌아보
았다.

아름다운 머리칼을 휘날리며 정면을 향한 수상한 인물은
확실히 미인이었고―.

"……어라? 케이?"

"응? ……유, 유우히 누나?!"

"아, 아키야마의 누나잖아."

"오랜만이야, 두 사람 모두."

그렇게 말하며 웃는 그녀는 두 사람 모두 잘 아는 인물이었다.

수상한 인물의 정체는 아키야마 가가 자랑하는 미인 자매 중 여동생인 아키야마 유우히, 그 사람이었다.

교실 건물 3층 학생회실. 소파에 앉은 케이키와 아야노 두 사람은 똑같이 소파에 앉은 유우히와 테이블을 사이에 두고 대치하고 있었다.

테이블 위에는 아야노가 준비한 홍차가 놓여 있었지만 아무도 손을 대려고 하지 않았다.

"그래서, 유우히 누나는 대체 뭘 하러 온 건가요? 고등학생을 유혹하다니."

"……."

그렇게 질문하자 그녀는 거북한 듯 시선을 피했다.

수상한 인물의 지인이라는 이유로 케이키와 아야노가 대응하게 되었고 일단 남의 눈에 띄지 않는 학생회실로 데리고 왔지만 조사는 전혀 진행되지 않았다.

그리고 문제는 거기에만 그치지 않았다―.

"……아키야마 누나한테서 술 냄새가 나."

"확실히. 얼마나 마신 거야……?"

연행된 유우히는 강한 술 냄새를 풍기고 있었다.

냄새에 민감한 아야노가 코를 막을 정도였다.

"것보다 유우히 누나는 술을 마셔도 괜찮은 나이였나요?"

"……이미 스무살이니까 괜찮아."

"음주는 괜찮다고 해도 성인이 미성년자를 유혹하는 건 괜찮지 않잖아요."

"으윽…… 그치만 외로웠는걸!"

"외로웠다고요?"

"실은 최근 사귀게 된 남자친구에게 차여서……."

"아……."

아까 그 위원장의 일도 그렇고 아무래도 오늘은 이런 화제가 많이 등장하는 것 같았다.

울상이 된 유우히가 불쌍해 화를 내려고 해도 낼 수가 없었다.

"저기……왜 차였는데요?"

"그게, 너처럼 음탕한 여자는 싫다고…… 청초하고 정숙한 아이인줄 알았는데 배신당했다고 하면서……."

"우와아……."

뭐라고 코멘트하기 힘든 사정이 튀어나왔다.

"(후지모토, 도와줘.)"

"(아야노에게는 짐이 너무 무거워.)"

도움을 요청하며 아야노를 바라보았지만 그녀는 아무 말 없이 절레절레 고개를 흔들었다.

　케이키도 아야노도 기본적으로 연애 상담은 전문분야가 아니었다.

　"외로워서 계속 집에서 술을 마셨는데 오늘이 쇼마의 학교 문화제라는 걸 듣고 고등학교라면 솔로인 남자애들이 잔뜩 있을 것 같아서."

　"발상이 완전히 술주정뱅이네요."

　"사귀기 시작한 그 날 호텔로 끌고 간 게 잘못이었던 걸까?"

　"으, 음……."

　아키야마 유우히는 얌전해 보이는 외모와는 반대로 경험이 풍부한 여대생이었다.

　그 남자친구라는 사람이 유우히를 청초한 아이라고 생각했다면 외모와 내면의 갭에 놀라버린 거라고 추측할 수 있었다.

　다만 그 말을 그대로 전해봤자 그녀를 위로할 수 없을 것이다.

　"아마, 그 사람은 유우히 누나의 운명의 남자가 아니었을 거예요. 유우히 누나는 예쁘니까 분명 또 좋은 사람이 나타날 거예요."

　우울해하고 있는 사람에게는 상냥함을.

　그건 케이키가 사유키와 사이가 틀어졌을 때 아야노가 해준 것이었다.

"케이…… 상냥해……."

"네?"

"나…… 케이를 좋아하는 것 같아……."

"네?!"

기운 내길 바라고 한 말은 유우히의 마음에 예상 밖의 효과를 초래한 것 같았다.

터무니없는 말을 내뱉은 여대생이 자리에서 일어나 케이키 옆으로 다가왔고 어딘가 멍한 표정으로 한 번 더 말했다.

"아이 · 러브 · 유?"

"아뇨, 아마 그건 착각일 거예요! 단순히 취한 것뿐이라고요!"

"으음……착각이 아닌걸!"

"잠깐마아아아안?!"

어린애처럼 입술을 삐죽거린 순간, 유우히는 주저 없이 연하남을 끌어안았다.

게다가 당황한 케이키의 가슴에 얼굴을 묻고 어리광 부리듯이 볼을 비비는 꼴이.

"좋아해, 케이키. 이대로 누나랑 좋은 거 하지 않을래?"

"거절할게요! 것보다 이제 그만 경찰에 신고할 거예요!!"

이대로면 나의 정조가 위험하고 위태로웠다.

"도, 도와줘, 후지모토!"

"……키류는 난봉꾼이야."

"후지모토?!"

의지할 수 있는 부회장님께 구원을 요청했지만, 그녀는 웬일인지 홱 얼굴을 외면하고 말았다.

자력으로 어떻게든 하라고—그렇게 내쳐진 것 같아서 좀 괴로웠다.

"저기…… 유우히 누나? 슬슬 좀 놓아주시겠어요?"

"……."

"이대로면 나한테까지 술 냄새가 날 것 같은데."

"……."

"……응? 어라? 유우히 누나?"

설득을 시도해도 대답이 없었다.

이상하게 여기고 얼굴을 살펴보니 그녀의 눈꺼풀은 닫혀 있었고 케이키를 끌어안은 채 조용히 숨소리를 내고 있었다.

"이 사람, 잠들어버렸어……."

술주정뱅이의 행동은 예측 불능.

갑자기 사랑 고백을 했다가, 끌어안고, 잠에 빠지고, 제멋대로였다.

"그런데…… 후지모토는 왜 그렇게 멀어진 거야?"

"언니랑 키류에게서 술 냄새가 나니까."

어느샌가 술 냄새를 싫어하는 아야노는 창문가로 대피한 상태였다.

케이키도 그렇게 하고 싶었지만 유우히에게 붙잡힌 이 상황에서는 그렇게 할 수도 없었다.

"하아, 어쩌지? 이 술주정뱅이는······."

눈을 뜰 기색이 없는 유우히를 어떻게 할지 생각하고 있는데 똑똑 노크소리가 들리고 학생회실 문이 열렸다.

"실례합니다."

"아아, 쇼마? 마침 잘 왔어."

문을 열고 들어온 건 유우히의 남동생이었다.

수상한 인물의 신병을 확보했을 때, 쇼마에게 문자를 보내뒀었다.

누나가 친구를 끌어안고 있는 현장을 목격하고 쇼마가 불쾌한 표정을 지었다.

"저기······이건 무슨 상황이지?"

"유우히 누나, 꽤 취한 것 같은데 뭔가 여러 가지 일이 생겨서 안기고 말았어. 후지모토는 술 냄새를 싫어하는 것 같고."

"아아, 그래서 그렇게 멀리 떨어진 곳에 있는 거구나······."

여러 가지로 납득한 꽃미남이 소파 쪽으로 다가왔다.

"정말, 유우 누나는······ 미안해, 우리 누나가 폐를 끼쳤어."

"그건 괜찮은데 유우히 누나는 어쩌지? 양호실로 옮길까?"

"그거라면 괜찮아. 우리 부모님을 불렀으니까 지금 차로 데리러 올 거야."

"그래? 그럼 안심이네."

학생 현관까지 누나를 옮기겠다는 쇼마에게 유우히를 맡겼고 운동부에서 단련한 그는 가볍게 잠자는 공주님을 업었다.

"우와…… 정말 술 냄새가 많이 나네."

"냄새만으로도 취할 것 같은 레벨이라니까."

"아하하, 그러네. —그럼 난 이만 가볼게."

"그래, 떨어뜨리지 않게 조심하고."

학생회실을 뒤로 하는 친구를 배웅하고, 수상한 인물 사건을 해결한 케이키는 깊은 한숨을 내쉬었다.

"후우……왠지 엄청 피곤하네……."

"아야노는 코가 비뚤어지는 줄 알았어."

"어서 와, 후지모토. 코가 비뚤어지지 않아서 다행이야."

술주정뱅이가 사라진 순간, 아야노는 바로 창문가에서 귀환했다.

"……키류?"

"왜, 후지모토?"

"키류는 언니랑 사귈 거야?"

"뭐?"

"아까 열렬하게 고백받았잖아."

"고백이라니……그건 그저 술주정뱅이의 잠꼬대야."

고백한 것도 분명 눈을 떴을 무렵에는 이미 잊어버렸을

것이다.

쉽게 반한다는 소문의 유우히라고 해도 그렇게 쉽게 사랑에 빠지지는 않겠지.

하지만 그런 걸 신경 쓰다니……

"혹시 후지모토, 질투하는 거야?"

"……하고 있어."

"응? 뭐야? 정말?"

"그게―키류는 아야노만의 안는 베개니까."

"아니거든."

반쯤 예상은 했지만 이번에도 변태적 결말로.

기분이 상했던 건 자신의 안는 베개를 빼앗겼다고 생각했기 때문이었다.

"그럼 슬슬 업무로 돌아갈까?"

"그 전에 좀 쉬는 게 좋을 것 같아."

"그럴 수는 없잖아. 다른 사람들도 일하고 있는데."

"그렇게 말할 것 같아서 실은 회장님께 이미 요청해뒀어."

담담하게 말한 아야노가 스마트폰을 내밀었다.

화면에는 『휴식 신청』이라는 아야노의 요청에 대해 시호의 『오케이―』라는 허가 메시지가 표시되어 있었다.

"키류, 아침부터 안색이 안 좋았으니까. 계속 걱정했어."

"……후지모토에게는 이길 수가 없구나."

어젯밤에는 카페 사무 처리를 하느라 별로 많이 자지 못했다.

"그럼 모처럼이니까 좀 쉬어볼까?"

"소파에서 잠깐 눈을 붙이는 게 좋을 것 같아. 지금이라면 아야노가 무릎베개를 해줄게."

"역시 그건 사양할게."

"내가 해주고 싶은데…… 안 돼?"

"……."

그렇게까지 말하는데 안 된다고 할 수는 없었다.

"어째서 이런 일이……."

몇 분 후, 소파에 누운 케이키에게 아야노가 무릎베개를 해주었다.

무릎베개 자체는 과거에 몇 번인가 경험이 있지만 여자의 허벅지에 닿았다고 생각하니 역시 진정이 되지 않았고 아야노가 머리를 부드럽게 쓰다듬어주는 상황이 정말 부끄러웠다.

"안심해. 30분 정도 뒤에 깨워줄게."

"잠들어 있는 동안 바지는 벗기지 마."

"보증은 못 해."

"이봐……."

"거짓말이야. 안 해. 약속할게."

"정말 부탁 좀 할게."

아야노의 말을 믿으며 눈을 감았다.

그것만으로도 외면하고 있던 졸음이 급속도로 몰려왔다.

"……저기, 후지모토."

"응?"

"나, 문화제가 끝나면 서예부로 돌아갈 거야."

그건 보류하고 있던 그녀의 권유에 대한 대답.

학생회에 남아줬으면 좋겠다는 아야노의 부탁을 거절하는 말.

그 결단을 듣고 그녀는 화를 내지도 않고 그저 쓸쓸한 듯 미소 지었다.

"응, 알고 있었어. 키류가 서예부를 지키겠다고 결정했을 때."

"그래……?"

그녀가 말한 대로 그때는 이미 이 대답에 이르러 있었다고 생각한다.

어쩌면 아야노는 그 마음도 이해한 상태에서 케이키를 응원해준 걸지도 모른다.

"학생회에 남아주지 않는 건 아쉽지만 키류의 팬티는 포기 못 해."

"그건 슬슬 포기해줬으면 좋겠는데."

농담 섞인 말투에 약간 마음이 가벼워졌다.

그게 아야노 나름의 배려라는 걸 알고 있기 때문에 괜스레 더 그녀가 좋아졌다.

"하지만 일이 힘들 때는 언제든 도와주러 올게."

"응, 고마워."

의식을 유지하는 것도 이제 그만 한계인 것 같았다.

그 대화를 마지막으로 온몸에서 힘이 빠졌고 케이키는 그녀의 체온을 느끼면서 잠깐 동안 휴식에 몸을 맡겼다.

그날 밤, 키류 가 거실에서는 뒤풀이 준비가 이뤄지고 있었다.

"오빠, 음식은 부족하지 않을까?"

"이것만 있으면 괜찮지 않겠어?"

"나, 지금 맹렬하게 피자가 먹고 싶어."

"마녀 선배, 그 이상 살찌면 큰일 날 것 같은데요?"

"부장의 경우, 전부 가슴으로 갈 것 같은데."

사복으로 갈아입은 서예부 부원들은 왁자지껄 떠들면서 각자 갖고 온 요리와 음료수를 테이블에 늘어놓았다.

(정말 무사히 끝나서 다행이야……)

학생회실에서 잠시 눈을 붙인 후 다시 업무로 돌아간 케이키였지만 그 이후에는 특별히 아무 일도 없이 문화제는 무사히 막을 내렸다.

카페에 얼굴을 내민 케이키가 본 것은 메이드 4명의 브이

사인.

이틀 동안의 합계 매상은 목표 금액을 큰 폭으로 상회했고 다행히 폐부를 회피할 수 있었다.

거기에는 확실한 유대로 맺어진 일체감이 있었고 '지금부터 우리 집에서 뒤풀이하자.'라는 케이키의 제안에 아무도 반대하지 않았다.

"아一, 케첩 문자를 너무 써서 어깨가 결려."

"당연하죠. 꾀를 부리며 쉬었으니까 우리보다 더 일을 해줘야죠."

"하지만 케첩으로 문자를 쓰는 건 어려운 일이야. 나도 해봤는데 토키하라 선배처럼은 쓸 수 없었고."

"아니, 그런 걸 쓸 수 있는 건 부장 정도겠지."

케첩으로 까다로운 글자를 쓰는 건 당연히 어려웠다.

그것도 이벤트에서 보여준 것 같은 속도로 쓰려면 더더욱.

아무리 재능이 풍부한 사유키라 해도 쉽게 할 수 있는 일은 아니었고 분명 그녀의 성격으로 볼 때 어젯밤에는 잠도 안 자고 연습했을 것이다.

신데렐라의 팬티를 발견한 날, 밤을 새서 콩쿠르 작품을 다 완성해낸 것처럼.

"사유키 선배."

"왜?"

멍하니 바라보는 상급생에게 하고 싶었던 말을 선물했다.

"다녀왔습니다."

"아─."

그녀는 순간 놀란 듯 눈을 크게 떴고,

"─응, 어서 와."

케이키가 보고 싶었던 미소를 보여주었다.

단지 그것만으로도 보답받은 것 같은 기분이 들었다.

그녀가 아끼고 있는 서예부도.

이러니저러니 해도 사이가 좋은 부원들도.

지키고 싶었던 것들이, 한 번은 포기할 뻔했던 미래가, 무엇 하나 빠지지 않고 눈앞에 펼쳐져 있었으니까.

"그러고 보니 나, 파운드케이크 사왔어."

"오오, 그거 좋네요."

"유이카도 우리 집 냉장고에 있던 캔 주스를 몽땅 갖고 왔어요."

"우와, 굉장하다……너, 용케 그걸 전부 갖고 왔네."

"그럼 바로 케이크를 잘라 나눠야겠어."

유이카가 지참한 캔 주스를 나누고 자른 파운드케이크도 평등하게 나눴다.

그렇게 모두가 소파에 착석하고 준비는 완료.

선창을 한 건 물론 우리 서예부의 부장이었다.

"그럼 메이드 카페의 성공과 서예부의 존속을 축하하며─건배!"

""""건배!!""""

높이 든 캔 주스로 건배하고 문화제 뒤풀이가 시작되었다.

◇

"……으음……어라, 벌써 아침인가……?"

문화제 다음 날, 케이키는 창문으로 쏟아져 들어오는 눈부신 빛에 눈을 떴다.

"커튼, 닫는 걸 깜빡했구나……."

어젯밤에는 커튼을 닫지 않고 잠들어버린 듯, 눈에 익은 자신의 방은 아침 해에 감싸여 있었고 다시 잠드는 걸 용납하지 않는 상쾌한 공간으로 바뀌어 있었다.

"뭐지, 왠지 머리가 아픈데……."

멋진 날씨와는 대조적으로 잠에서 깨는 기분은 최악이었다.

둔탁한 두통에 얼굴을 찌푸리면서 침대 위에서 몸을 일으켰다.

"……응?"

그 순간, 믿을 수 없는 광경이 눈앞에 펼쳐졌다.

시트에 흩어진 윤기 있는 검은 머리칼.

눈을 감고 있어도 퇴색되지 않는 미모.

벌어진 모포 사이로 보이는 태어난 그대로의 풍만한

가슴.

"왜…… 사유키 선배가?"

어리둥절한 후배 옆에서 알몸의 토키하라 사유키가 행복한 얼굴로 잠들어 있었다.

캔 주스로 건배를 한 후, 부원들은 바로 파운드케이크를 입에 넣었다.

"우와, 뭐야, 이 파운드케이크!? 엄청 맛있어!"

"정말이네. 독특한 향기가 나는데, 맛있어."

어른스럽고 고급스러운 맛을 케이키가 절찬하자 미즈하가 동의했다.

"하지만 이 냄새는, 혹시 술이 들어있는 거 아니야?"

"괜찮아. 과자에 사용되는 술은 아주 약간이니까."

"맞아요! 이렇게 맛있는데 못 먹는 건 아깝잖아요!"

마오의 의문에 사유키와 유이카가 근거 없이 보증했다.

사유키가 사 온 파운드케이크는 촉촉한 식감이었고 아무래도 브랜디가 들어있는 것 같았지만 과자에 사용되는 술은 극히 소량.

그 정도로 취할 리가 없었다.

그래서 문제없다고 모두가 그렇게 생각했다.

생각해보면 이미 이 시점에 모두 이상한 상태였을 것이다.

바닷가 별장에서 합숙했을 때, 초콜릿에도 술에 약한 사람은 취한다는 걸 학습했는데.

과거의 실패를 깨끗하게 망각하고 있었으니까.

◇

"……두통의 원인은 그 파운드케이크인 건가?"

침대에서 일어나 어제의 일을 상기하며 케이키가 엄숙하게 중얼거렸다.

아무래도 양주가 든 과자가 원인이 되어 취해버린 것 같았다.

케이크로 취하는 일은 우선 없겠지만 케이키와 부원들은 연일 격무로 피곤한 상태였다.

체력이 떨어지면 감기에 걸리기 쉬운 것처럼 소량의 알코올이라고 해도 효과를 발휘하는 건 충분히 생각할 수 있었다.

"게다가……."

거실에서 갖고 왔다고 생각되는, 책상 위의 빈 캔에 시선을 돌렸다.

언뜻 보기엔 단순한 빈 주스 캔 같지만 아래쪽에 작게 '술'이라고 적혀 있는 것처럼 보이는 건 기분 탓인 걸까?

"……아니, 기분 탓일 거야. 응. 기분 탓이야, 기분 탓."

그건 단순한 캔 주스.

피곤했기 때문에 이상한 문자가 보인 것뿐, 유이카가 갖고 온 주스가 실은 츄하이였다―라는 사실은 존재하지 않았다. 알겠지?

"그것보다……."

힐끔 침대 쪽으로 시선을 돌렸을 때 그곳에는 아직 사유키가 잠들어 있었다.

모포를 덮고 있었지만 그 밑에는 상반신 전라 상태였다.

간신히 팬티만은 착용하고 있는 것 같았지만 그녀가 입고 있었을 핑크색 브래지어나 와이셔츠는 바닥에 떨어져 있었다.

"이 상황에서……어떻게 하는 게 정답일까?"

『A. 일단 선배의 가슴을 만진다.』
『B. 기념으로 둘이서 사진 촬영.』
『C. 아무것도 보지 않았던 걸로 하고 다시 잠든다.』

"A와 B는 논외로 하고 다시 잠들어봤자 상황은 변하지 않을 텐데……."

잠에서 덜 깬 머리가 움직이지 않는 듯 아무리 노력해도 유력한 방안이 떠오르지 않았다.

"애초에 어째서 선배가 내 방에서 잠든 거지?"

거실에서 뒤풀이를 했던 건 기억나는데 알코올의 영향인 건지, 파운드케이크를 먹었을 때부터의 기억이 희미했다.

이미 늦었으니 모두가 우리 집에서 하룻밤을 보내기로 한 기억은 있는데…….

1박을 한 사유키가 함께 침대에서 잠들어 있었다.

그리고 그녀가 거의 전라라는 사실로 추측해보면 한 가지 가설에 다다르게 된다.

"헉?! 설마 나, 사유키 선배랑……?"

사귀지도 않는 이성과 하룻밤의 실수를 범하고 만 것인가?

그런 건 사랑이 없으면 안 된다고 말해놓고선 글래머의 유혹에 져 선을 넘어버린 것인가?

"아니, 아니, 아니. 잠깐만, 잠깐만, 잠깐만. 아직 단정하기엔 너무 일러."

상황만 보면 일이 벌어진 후라고 해도 반론할 수 없었다.

하지만 케이키에게는 어젯밤의 기억이 없었다.

사유키 본인에게 확인할 때까지 결론을 내는 건 피해야겠지.

"……응……으응……."

후배의 목소리에 반응한 것인지 몸을 살짝 움직인 상급생이 살며시 눈을 떴다.

"후아암…… 어머? 좋은 아침, 케이키."

"드디어 일어나셨네요."

"응, 덕분에 굉장히 잘 잤어."

평소처럼 답한 후 느릿느릿 몸을 일으키는 사유키.

그 순간 덮여 있던 모포가 스르륵 떨어졌고, 그녀의 알몸이 드러났다.

"잠깐, 사유키 선배?! 가슴! 가슴 좀 가려요!"

"뭐? 가슴?"

그녀는 자신의 모습을 내려다보고

"아아, 자는 동안 벗어버렸나 보네."

남의 이야기를 하듯 중얼거리며 느긋한 동작으로 바닥에 떨어진 브래지어를 주워들었다.

"보여주는 건 부끄러우니까 좀 뒤로 돌아주겠어?"

"이미 뒤로 돌았거든요!"

"뭐, 케이키가 꼭 보고 싶다면 보여줘도 상관없는데―."

"됐으니까 얼른 입어요!"

이 상황을 제3자가 보면 큰일이 날 것이다.

아직 아무도 일어나지 않은 것 같지만 조심해서 나쁠 건 없었다.

후배의 반응에 이상한 듯 쿡쿡 웃으며 사유키가 브래지어를 장착했다.

그 이후 와이셔츠를 걸치고 하나하나 단추를 잠갔다.

"이거면 될까?"

"하반신은 위험한 상태 그대로지만…… 뭐, 지금은 그걸로 됐어요."

치마를 찾을 수 없었으니 어쩔 수 없었다.

어른어른 보였다 안 보였다 하는 팬티라든가 노출된 다리를 보지 않도록 노력하면서 그녀에게 물었다.

"저기, 사유키 선배? 어젯밤 일 말인데요……."

"아……."

이야기를 꺼내려고 하자 사유키는 웬일인지 갑자기 뺨을 붉혔다.

그리고 부끄러운 듯 시선을 옆으로 돌려버렸다.

(……응? 어라? 왜 그렇게 의미심장한 반응을?)

마치 뭔가 굉장히 중대한 일이 있었다고 시사하는 것처럼……

처음으로 밤을 함께 보낸 직후의 남녀 사이 같은 어색한 분위기가 흐르는 와중에 옷을 얇게 입은 상급생이 나직이 중얼거렸다.

"어젯밤의 케이키…… 굉장히 격렬해서, 부서지는 줄 알았어."

"……."

너무 의미심장한 그 대사에 케이키는 아무 말 없이 하늘을 우러러볼 수밖에 없었다.

◇

(난 어느샌가 어른의 계단을 올라가 버린 걸지도 몰라…….)

문화제 대체 휴일이 끝나고 맞이한 수요일 아침.

여동생과 둘이 신호를 기다리며 케이키는 자신의 정조에 대해 이것저것 생각하고 있었다.

휴일에도 그 생각으로 머리가 가득 차 있었고 무엇 하나 문제가 해결되지 않은 채 등교일을 맞이했다.

다행히 사유키가 케이키의 방에서 잠들었다는 건 다른 멤버들에게는 들키지 않은 것 같지만 자신도 모르는 사이에 탈·동정 해버렸을지도 모른다는 의심을 지울 수 없었다.

(아니, 아직 그렇다고 결정된 건 아니야…….)

사유키는 둘 사이에 육체관계가 있었다고 명확하게 증언한 건 아니었다.

몹시 애타는 기분을 불식시키기 위해 금방이라도 진상을 해명하고 싶었지만 사유키에게 '우리 혹시 했나요?'라고 물어볼 수는 없었다.

만약 착각이라면 너무 부끄러울 것이고, 만일 정말이라고 한다면 술에 취해 첫 경험을 기억하지 못하는 최악의 남자가 되고 만다.

(대체 어떻게 해야 하는 거지……?)

그런 식으로 케이키가 사고의 미로에 갇혀 있는데,

"오빠, 파란불이야."

"아, 으응……."

미즈하가 말을 걸어 허둥지둥 보행을 재개했다.

교차로를 끝까지 건넌 후 옆에서 걷고 있던 여동생이 걱정스러운 듯 바라보았다.

"괜찮아? 왠지 좀 멍한 것 같은데."

"문제없어. 몸은 굉장히 건강하니까."

"그래? 문화제 때문에 최선을 다하느라 맥이 빠진 걸지도 몰라."

"문화제라⋯⋯."

문화제에서는 정말 여러 가지 일이 있었다.

메이드 카페를 번성시키기 위해 작전을 짜고.

학생회 멤버로서 순찰에 임하고.

문화제 실행위원장이 실연을 당하고, 쇼마와 코하루의 오빠 플레이를 목격하고, 술에 취해 변태로 변한 유우히를 확보하는 등 정말 힘들었다.

그래도―.

"서예부가 존속하게 돼서 정말 다행이야."

"그래, 모두의 협력 덕분이야."

최종적으로 카페를 성공시켜 폐부를 저지할 수 있었던 건 정말 기뻤다.

"오빠도 토키하라 선배와 화해했고."

"그래⋯⋯."

싸웠던 상급생과 화해를 할 수 있었던 것도 기쁜 일이었다.

다만 지금은 다른 의미로 그녀와의 관계가 미묘하게 변했지만.

"뒤풀이하던 날 밤의 일을 미즈하는 기억 못 하지?"

"응. 케이크를 먹고 다 같이 시끄럽게 굴었던 건 기억하는데 정신을 차려보니 내 방에서 자고 있었으니까."

"그래……?"

"무슨 일 있었어?"

"아니, 아니야. 고마워."

양주가 들어 있는 케이크의 영향으로 미즈하도 기억이 혼탁한 상태인 듯했다.

(나중에 난죠와 유이카에게도 이야기를 들어볼까?)

사유키가 방으로 들어온 경위만이라도 알면 진실에 다가갈 수 있을지도 모른다.

그런 생각을 하는 사이에 학교에 도착.

미즈하와 헤어져 실내화로 갈아 신고 교실을 향하는 와중에 검은 머리의 상급생과 우연히 마주치게 됐다.

"아, 사유키 선배……."

"어머? 좋은 아침이야, 케이키."

"조, 좋은 아침입니다……."

후배의 모습을 보고 그녀는 부드러운 미소를 보여주었다.

간신히 인사를 나눴지만 얼굴을 마주하기 힘들어 자신도 모르게 시선을 외면하고 말았다.

"저기…… 사유키 선배? 뒤풀이가 있던 날 밤에 말인데요……."

"아, 걱정해주는 거야?"

"네?"

"나라면 괜찮아. 그 이후 좀 얼얼하고 걸을 때 좀 위화감이 있었지만 지금은 전혀 아무렇지도 않으니까."

"……그래요? 그건 정말 다행이네요."

어디가 얼얼했던 거지?

뭐가 괜찮다는 거야?

(왠지 선배와 이야기하면 할수록 의혹이 확신으로 바뀌는 것 같아…….)

의심스러운 발언의 대행진에 의혹은 커지기만 했다.

(애초에 어째서 사유키 선배는 저렇게 즐거워 보이는 거지?)

싱긋싱긋 웃으며 굉장히 기분이 좋아 보이는 게 계속 마음에 걸렸다.

애가 타는 듯 허벅지를 꼼지락거리는 것도 그만뒀으면 좋겠다.

(에로 만화에서 자주 나오지? 첫 경험을 한 여자가 다음 날 '위화감이 있다'라든가 '좀 얼얼하다'고 말하거나 걷기 힘들어 보이는 묘사가…….)

거기까지 생각하고 문득 깨달았다.

(지금의 사유키 선배는 완전히 그 모습 그대로잖아.)

계속해서 등장하는 여러 상황증거에 식은땀이 멈추지 않았다.

그런 후배의 귓가에 비밀 이야기를 하려는 듯 사유키가

입을 가까이에 댔다.

"부끄럽지만── 기회가 있으면 또 해줘."

"······."

"그럼 방과 후에 봐."

고민하는 소년에게 또다시 의미심장한 말을 남기고 그녀는 떠났다.

"정말····· 난 그날 밤 무슨 짓을 한 거지?"

점심시간, 케이키는 마오에게 말을 걸어 중앙 정원으로 데리고 나갔다.

벤치에 나란히 앉아 각자의 도시락을 펼친 후, 타이밍을 가늠하고 그 이야기를 꺼냈다.

"──뒤풀이날 밤에?"

"응, 뭔가 이상한 일은 없었어?"

"부장님이 갖고 온 케이크 때문에 다들 취했잖아?"

"확실히 그것도 이상한 일이지만 가능하면 그 이외의 일을."

"음─, 나도 기억이 애매하지만····· 좀 흥분한 키류가 아키야마를 흉내 낸 것 정도?"

"·····잠깐만? 내가 그런 짓을 했어?"

"아니꼽게 앞머리를 쓸어 올리고 '이 세상의 로리는 전부 내 거야!'라고 말했어."

"아무리 쇼마라고 해도 그렇게까지 심한 말은 안 할 텐

169

데……."

수수께끼 같은 흉내를 낸 자신이 무서웠다.

"나머지는 부장이 음담패설을 늘어놓고, 유이카가 키류를 괴롭혀 내쫓고, 미즈하가 갑자기 벗기 시작하고, 나도 갑자기 소재가 떠올라서 BL 책의 러프화를 그려댔지."

"지극히 평소와 다름없네."

"그런 느낌으로 모두 비틀거릴 때까지 먹고 마시다가 이미 늦었다고 키류의 집에서 머물게 됐잖아."

"흐음, 흐음."

"키류와 미즈하는 2층으로 올라가고 나랑 유이카는 응접실 이불 속으로 들어갔어."

"어라, 사유키 선배는?"

"부장은 소파에서 잠들었으니까 모포를 덮어주고 방치했지."

"그래……?"

즉 그 이후 일어난 사유키가 케이키의 방을 찾았다는 것인가.

"아, 그러고 보니……."

"뭔데?"

"그날, 밤중에 한 번 눈을 떴는데. 그때 유이카가 응접실을 나가고 있었어."

"유이카가?"

"아마 화장실에 갔겠지만, 잠시 후 돌아온 유이카의 상태가 좀 이상했던 것 같아……."

"어떤 식으로?"

"그게, 모포를 머리까지 뒤집어쓰고 부들부들 떨고 있었어. 마치 유령이라도 본 것처럼."

"유령이라니……."

비유인 건 알지만 집주인을 앞에 두고 그런 단어 선택은 관뒀으면 좋겠다.

하지만 유령이 아니라면 어째서 유이카가 떨었던 거지?

"아침에 일어나서도 역시 좀 이상했어."

"듣고 보니……."

잠에서 깬 유이카는 어딘가 이상했던 것 같다.

미즈하가 준비한 아침을 먹을 때도 맞은편에 앉은 유이카는 왠지 안절부절못하는 상태로 힐끔힐끔 케이키의 모습을 살피고 있었다.

"고마워, 난죠. 참고가 됐어."

"뭐가 뭔지 잘 모르겠지만, 별말씀을."

이야기를 들은 후, 도서실로 향하는 마오와 헤어져 케이키는 교실 건물로 돌아왔다.

"혹시…… 유이카는 뭔가 알고 있는 걸까?"

복도를 걸어가면서 마오의 이야기를 되새겼다.

후배가 중요한 정보를 갖고 있을 가능성은 높아 보였다.

"······아, 케이키 선배."

"유이카?"

1층 계단 앞, 위에서 내려온 유이카와 딱 마주쳤다.

예상 못한 만남이었지만 마침 이야기를 물어보고 싶다고 생각하던 참이었다.

"이거, 우연이네."

"아, 안녕하세요······."

"유이카에게 물어보고 싶은 게 있는데 괜찮을까?"

"물어보고 싶은 것······?"

"그래, 뒤풀이를 했던 날 밤의 일을 물어보고 싶은데."

"읏?!"

그 순간, 유이카는 명백하게 동요했다.

"······유이카?"

"죄, 죄송해요. 유이카, 볼일이 있어서 이만!"

빠른 속도로 그렇게 말하곤 후배는 복도를 뛰어갔다.

"이건······역시······."

유이카는 내내 어딘가 안절부절못하는 듯 보였다.

그 증거로 완고하게 시선을 마주하려고 하지 않았고, 솔직히 말해서 피하고 있는 듯한 느낌이 들었다.

그건 아마도 그날 밤 일어난 어떠한 일이 원인일 것이고─.

"틀림없어. 유이카는 뭔가 알고 있어······."

방과 후, 교실을 나간 케이키는 앞으로의 계획을 생각하고 있었다.

"문제는 어떻게 유이카에게서 이야기를 알아내는가 하는 건데……."

이유는 불명이지만 그녀가 케이키를 피하고 있는 건 틀림없었다.

점심시간의 그 상태로 봐선 정공법으로 덤벼봤자 또 도망갈 가능성이 있었다.

"뭐, 다소 억지스럽겠지만 붙잡을 수밖에 없겠군."

여자를 상대로 실력행사를 하는 건 남자답지 않지만, 이쪽도 인생이 걸려 있었다.

(정말 선배와 한 거라면 그걸 근거로 펫의 주인이 될지도 모르고…….)

그런 느낌으로 여러 가지를 골똘히 생각한 소년은 진실을 밝히기 위해 목표로 한 인물을 찾아 교내를 이동했다.

그리고 1학년 교실에서 나오는 중요참고인을 발견.

"유이카!"

"응? 케이키 선배?"

"미안, 좀 같이 가줘야겠어!"

"……자, 잠깐만요, 선배?!"

당황한 그녀의 손을 붙잡고 신속하게 인기척이 없는 빈 교실로 연행했다.

"······무슨 일인가요? 이런 곳으로 끌고 오다니?"

이런 취급을 받았으니 당연하겠지만 경계하며 거리를 두려는 유이카.

그런 후배를 놓치지 않기 위해 케이키는 그녀의 양쪽 어깨에 손을 올렸다.

"부탁이야, 유이카!"

"케, 케이키 선배······?"

"뒤풀이가 있었던 날 밤의 일을 들려줘!"

"또 그 이야기예요······?"

"그날 밤, 뭔가 이상한 일은 없었어?"

"유이카는 아무것도 모르고 아무것도 못 봤어요."

"그건 뭔가 알고 있을 때의 말투잖아."

"기억이 안 난다면 그게 더 나을 것 같은데요. 유이카도 케이키 선배에게 그런 면이 있다는 건 알고 싶지 않았어요."

"뭐야, 그게?! 반대로 더 신경 쓰이거든?!"

"······하아, 어쩔 수 없네요."

상급생의 끈질김에 손을 든 건지, 마침내 유이카가 단념했다.

케이키가 손을 놓자 그녀는 그날 있었던 일을 이야기하기 시작했다.

"그날 밤, 화장실을 가려고 일어났던 유이카는 복도에서 이상한 소리를 들었어요."

"소리?"

"찰싹찰싹 뭔가가 격렬하게 부딪치는 듯한 소리였어요."

"찰싹찰싹……."

뭐지? 그 의성어로 음란한 상상을 해버리는 건 동정이라 그런 걸까?

아니, 오히려 정말 나는 아직도 동정인 걸까?

"신경이 쓰여서 소리가 들리는 2층으로 가봤는데 케이키 선배의 방문이 열려 있었고……."

"……그, 그리고?"

"달빛이 비치는 가운데 케이키 선배가 마녀 선배를……."

"내가 사유키 선배를……?"

드디어 이야기는 점입가경으로 치달았고 긴장감에 꿀꺽 침을 삼켰다.

"……웃! 여, 역시 이 이상은 말 못 해요!"

"어째서?!"

여기서부터가 진짜임에도 불구하고 화자는 속투를 포기했다.

"유이카는 케이키 선배가 그렇게 귀축일 줄 몰랐어요!"

"무슨 뜻이야?"

"유이카의 노예 주제에, 그런……그런……!"

비난하듯 말하면서 유이카가 서서히 울상으로 변했다.

"……엉덩이는……."

"뭐?"

"엉덩이는 정말 안 된다고 생각해요오오오오오오!"

"그게 대체 무슨 뜻이야?!"

수수께끼투성이의 대사를 투하하고 유이카는 교실을 뛰쳐나갔다.

웬일인지 양손으로 자신의 엉덩이를 가린 채.

그 뒷모습을 지켜보며 그녀가 남긴 말의 의미를 생각했다.

"……엉덩이는 안 돼?"

그건 즉, 유이카는 엉덩이와 관련된 무언가를 봤다는 뜻?

시험 삼아 한밤중에 남녀가 단둘이 방에 있는 상황과 유이카의 '엉덩이는 안 돼'라는 증언을 조합해보았다.

젊은 남녀가 방에서 엉덩이를 사용해 할 만한 일이라면―.

"……헉?! 설마 나, 처음을 선배의 엉덩이로……?!"

평범한 사랑을 원하는 자신이 그런 높은 레벨의 플레이를 요구했다는 것인가?

하지만 그런 변태적인 건 사유키가 좋아할 것 같고, 그녀의 기분이 좋은 것도 하드 플레이를 즐겼기 때문이라고 한다면 납득할 수 있었다.

아니, 오히려 도M인 변태가 평범한 플레이로 만족할 리가 없지.

게다가 그녀 자신이 '격렬해서 부러지는 줄 알았어.'라고 확실하게 증언하고 있었다.

"아니, 아니, 아니……역시 처음인데 엉덩이는 아닐 거야. 그럴 리가 없어. ……없……겠지?"

필사적으로 스스로를 타일렀지만 그 목소리는 서서히 줄어들어갔다.

"난 실은 터무니없는 변태 녀석이었던 거야……?"

계속 부원들을 변태라고 불러놓고 자신 안에도 엉덩이 페티시스트라는 알려지지 않은 성벽이 숨겨져 있었던 걸까?

아니라고 생각하고 싶은데 상황증거가 점점 목을 졸라왔다.

"어라, 아무도 없는 건가……?"

서예부실로 들어갔을 때 의자 위에 가방이 하나 놓여 있을 뿐, 부원들의 모습은 보이지 않았다.

유이카는 아마 오늘은 오지 않을 거고, 마오는 원고가 위험하다며 바로 집으로 돌아갔고 미즈하도 타임세일 마요네즈를 사러 간다고 말했었다.

"즉……오늘은 사유키 선배랑 둘뿐?"

그건 뭐라고 해야 할까, 좀 어색했다.

케이키와 사유키 사이에는 변태적인 플레이를 한 의혹도 나온 상태였다.

제대로 그녀의 얼굴을 볼 수 없을 것 같았다.

(나도 뭔가 이유를 대고 돌아갈까……?)

겁쟁이 케이키가 그런 생각을 하고 있을 때였다.

"―케·이·키♪"

"으하아아아악?!"

등 뒤에서 말소리가 들린 것과 동시에 누군가가 등을 손 가락 끝으로 '스르륵―' 문지르자 기분 나쁜 소리가 흘러나 왔다.

"어머, 어머, 여전히 놀라게 할 보람이 있는 이상적인 반 응이야."

"갑자기 뭐 하는 거예요?!"

그런 어린애 같은 장난을 칠 사람은 정해져 있었다.

뒤를 돌아본 곳에 있었던 건 예상대로 토키하라 사유키, 그 사람이었다.

자세히 보니 부실 로커가 열려 있었다.

거기에 몸을 숨기고 준비한 채 기회를 기다린 것 같았다.

"정말 선배는. 여전히 어린애 같다니까."

"케이키에게 장난을 치는 건 나의 사명이라고 생각해."

"솔직히 민폐거든요!"

그렇게 말하면서도 그 대화를 반갑게 느끼고 있는 자신을 깨달았다.

임시 임원으로서 서예부를 떠나기 전, 부실에서 그녀와 보낸 시간은 이런 느낌이었다.

전대미문의 상급생에게 휘둘렸지만 이러니저러니 해도 즐거웠다.

그리고 그 마음은 지금도 다르지 않았다.

"케이키 덕분이야."

"네?"

"서예부가 없어지지 않게 된 건. 케이키가 없었다면 폐부가 됐을 거야."

"……하지만 난 결국 아무것도 할 수 없었고. 메이드 카페도 선배가 없었다면 적자가 났을 거예요."

"그렇게 말한다면 난 무언가를 시작하려는 시도조차 하지 않았어. 하지만 케이키가 준 사진을 보고 나도 모두를 위해 무언가를 해야 한다고 생각했어. 나 혼자였다면 분명 전부 포기했을 거야."

"사유키 선배……."

"그러니까 고마워. 서예부를 지킬 수 있었던 건 케이키 덕분이야."

"……읏."

고마워.

그 말만으로도 가슴이 뜨거워졌다.

자신이 해온 일이 헛수고가 아니었다고 말하는 것 같아서.

그녀를 위해 열심히 하길 잘했다고 진심으로 그렇게 생각했다.

"그런데 케이키. 오늘 남은 시간은 한가해?"

"글쎄요. 특별히 약속은 없는데요."

"그럼 우리 집에 놀러 오지 않을래?"

"선배의 집에요?"

"응. 우리 엄마가 케이키에게 할 말이 있으니까 데리고 오라고 해서."

"어머님이?!"

사유키의 어머니라면 문화제 전날 한 번 만난 적이 있었다.

고등학생 딸이 있다고는 생각할 수 없을 정도로 아주 젊은 부인이었다.

(하지만 어째서 이런 타이밍에?)

키류 케이키에게는 현재 『토키하라 사유키와 육체관계를 맺었을지도 모른다』라는 용의가 걸려있었다.

그런 타이밍에 어머니의 호출…….

인과관계를 의심하지 않는 게 더 이상했다.

(서, 설마……책임지고 결혼하라는 말을 하려고!? 나, 새신랑이 되는 거야?!)

만약 그날 밤 의혹이 사실이고, 그걸 사유키가 부모님께 이야기했다면 결코 있을 수 없는 이야기는 아니었다.

케이키의 뇌리에 '아수라장'이라든가 '절체절명'이라는 위험한 단어가 지나갔다.

"어떻게 할래?"

"……갈게요."

용의가 풀리지 않은 이상, 도망칠 수는 없었다.

주택가에 당당히 서 있는 토키하라 저택.

사유키와 함께 그녀의 집을 방문한 케이키는 그 저택 앞에서 걸음을 멈췄다.

"저기……사유키 선배? 오늘은 일진도 그저 그렇고 역시 다른 기회에 찾아오면 안 될까요?"

"여기까지 와놓고? 그리고 우리 집을 방문하는데 일진은 관계없잖아."

"으윽……."

"뭘 그렇게 긴장하는 거야? 결혼 인사를 하러 온 것도 아닌데."

"결혼?!"

"아, 하지만 케이키가 우리 부모님께 '사유키 씨를 저에게 주십시오'라고 인사하는 모습을 상상하면 꽤 흥분이 돼."

"그건 분명 '펫의 범위에서'라는 결말이죠?"

"물론 나로서는 바라는 바야."

"저에게는 농담이 아니라고요."

여자를 펫으로 삼는 도착적인 취미는 없었다.

물론 그녀의 부모님께 그런 인사를 드릴 예정도 없었다.

"자, 이런 곳에 서서 이야기해봤자 별수 없으니까 어서 들어가자."

"그래요……."

"후후, 주인님이 나의 개집에 와주다니, 두근두근거려."

"역시 돌아갈까……?"

이럴 때도 펫을 한없이 소망하는 상급생에게 불안을 느끼면서 미닫이문을 여는 사유키 뒤를 따라 그녀의 집으로 들어갔다.

"다녀왔습니다―."

"시, 실례합니다……."

딱딱한 표정으로 케이키가 현관에 발을 들여놓았을 때 안쪽에서 쿵쾅쿵쾅 발소리가 들렸고 기모노 차림의 미녀가 모습을 드러냈다.

"어머, 어서 와요, 키류."

"아, 안녕하세요. 오랜만에 뵙습니다……."

윤기 있는 검은 머리를 뒤로 묶고 빨간 기모노를 입은 미후유가 웃는 얼굴로 맞이해주었다.

"사유키가 남자를 데리고 오다니, 엄마, 너무 기뻐."

"엄마가 데리고 오라고 했잖아."

"후후, 세세한 건 아무래도 상관없잖니."

"정말 적당히 얼버무린다니까……."

친밀한 두 사람이었지만 미후유의 용모가 너무 젊어 모녀라기보다 자매 같았다.

게다가 글래머인 데다 키도 큰 사유키가 언니처럼 보이는 게 이상했다.

그런 두 사람의 모습을 바라보고 있는데 미후유가 손님용

슬리퍼를 꺼내주었다.

"그럼 내가 방까지 안내할게요."

그런 느낌으로 기분 좋아 보이는 미후유의 뒤를 사유키와 따라 걸었다.

고풍적인 외관과는 반대로 토키하라 저택 인테리어는 서양식이었다.

"집 안과 밖의 인상이 꽤 다르네요."

"건물 자체는 오래됐지만, 집 안은 리모델링을 했어요. 사유키의 방도 서양식이고."

"흐음, 그렇군요."

미후유의 설명에 맞장구를 치자 옆에서 사유키가 보충 설명을 덧붙였다.

"응접실이랑 아버지 작업실은 다다미방이지만."

"어라? 그럼 아버님도 계신가요?"

"있을 것 같은데, 아마 안 나올 거야. 우리 아버지는 극도로 낮가림이 심해서 늘 방에 틀어박혀 있거든."

"꽤 개성적인 캐릭터의 아버님이시네요……."

그렇게 안내받은 곳은 방금 설명한 응접실.

구석구석까지 청소를 끝낸 다다미가 깔린 응접실에는 멋진 좌식 테이블이 놓여 있었고 방석도 준비되어 있었다.

바닥을 한 층 높여 만든 토코노마에는 멋진 글이 장식되어 있었는데 너무 달필이라 해독할 수 없었다.

"마실 차를 갖고 올 테니까 조금만 기다려요."

"아, 신경 쓰지 마세요."

"나도 실내복으로 갈아입고 올게."

"네, 알겠어요."

두 사람을 배웅한 케이키는 가방을 내려놓고 방석에 앉았다.

왠지 모르게 정좌로.

"일단 지금 현재는 환영받고 있는 것 같은데……."

언제 새신랑에 대한 화자가 날아들지 몰라 조마조마했는데 지금 현재 그런 징후는 보이지 않았다.

"하지만 아직 방심은 할 수 없겠지……."

그날 밤의 일이 해명되지 않은 이상, 그 이야기를 꺼낼 가능성은 제로가 아니었다.

케이키는 혼자 불안에 사로잡힌 채 토키하라 모녀가 돌아오는 걸 계속 기다렸다.

""오래 기다렸지~?""

얼마 후 사복으로 갈아입은 사유키와 쟁반을 든 미후유가 함께 들어왔다.

오늘의 사유키는 커다란 스웨터에 청바지를 조합한 코디로, 편안한 분위기의 실내복이 귀여웠다.

그런 딸 옆에서 미후유가 좌식 테이블에 쟁반을 올려놓

았다.

무릎을 꿇고 사기 주전자를 든 그녀가 '앗'이라고 소리를 높였다.

"엄마도 참, 차에 곁들일 과자 사는 걸 깜빡했네. 미안해, 사유키. 지금 좀 사오면 안 될까?"

"뭐―? 가장 가까운 편의점도 편도 10분은 걸리는데."

"잔돈은 용돈으로 써도 돼."

"다녀올게요, 어머니!"

태도를 180도 바꿔 멋진 경례를 보여주는 여고생.

"그럼 케이키, 난 잠깐 심부름 좀 하고 올게!"

"아니, 네? ……잠깐, 사유키 선배?!"

미후유에게서 돈을 받은 사유키는 의기양양하게 나가버렸다.

"……가버렸네."

사유키 아가씨, 여기서 설마 했던 퇴장.

그렇게 되면 필연적으로 그녀의 어머니와 둘만 남게 되는데……

(선배를 빼고 어머니와 단둘이 남다니, 난이도가 너무 높은데요?!)

좀처럼 맛볼 수 없는 스릴에 심장이 쿵쾅쿵쾅 거렸고, 땀이 줄줄 흘러내렸다.

"어머, 땀을 좀 많이 흘리는데 괜찮아요? 이상하네, 오늘은 서늘한 편인데."

"신경 쓰지 마세요. 전, 땀을 많이 흘리는 편이거든요."

"그래요?"

죄송합니다, 거짓말이에요.

긴장으로 땀이 멈추지 않을 뿐이에요.

"하지만 이걸로 사양 않고 이야기할 수 있겠어요."

"네?"

"나, 이전부터 키류와 이야기를 하고 싶었어요."

"……혹시 선배에게 과자를 사오라고 한 것도?"

"우후후, 미후유의 계획대로♪"

"의외로 만만치 않군요……."

딸을 배제하면서까지 하고 싶은 말이라는 게 뭐지?

역시 새신랑 이야기가 아닐까 싶어 경계하는 케이키에게 미후유가 부드럽게 미소 지었다.

"키류에게 계속 고맙다는 인사를 하고 싶었어요. 사유키가 즐거운 학교생활을 보낼 수 있는 건 당신 덕분이니까요."

"무슨 뜻인가요?"

사태를 납득하지 못하는 케이키에게 그녀는 1권의 앨범을 꺼내 보여주었다.

"이건, 그 아이의 어릴 때 사진이에요."

"와아, 귀엽다……하지만 붓을 들고 있는 사진뿐이네요……."

아직 가슴이 작았던 초등학생 때도, 유치원을 다닐 때도 앨범에 담긴 사진은 대부분 그녀가 연습지를 마주하고 있는 모습을 찍은 것뿐이었다.

"그 아이는 아버지의 방침에 따라 예전부터 서예 연습만 하고 평범한 여자아이처럼 친구를 만들거나 같이 놀거나 하는 학교생활을 보내지 못했어요."

"아, 전에 선배도 그렇게 말했던 것 같아요……."

서예가인 아버지가 엄격해서 어릴 때부터 붓을 쥐게 됐고 중학교에 올라갈 때까지 친구와 놀러나간 적도 없었다고.

"하지만 고등학생이 되고 서예부에 들어간 이후로 그 아이가 즐거워 보였어요. 상냥한 선배들을 만나고 키류 같은 후배도 생기고……."

1학년인 사유키 옆에는 선배들이 있었고 2학년 때는 케이키와 둘이서, 3학년이 되고 유이카를 포함한 다른 부원들이 입부하면서 서예부는 단숨에 떠들썩해졌다.

"늘 즐겁게 이야기를 해줬어요. 1학년 후배가 건방지다던가, 부실을 어지럽혀서 선생님께 혼났다던가, 장난을 쳤을 때 후배의 반응이 귀엽다는 등, 서예부에 대한 이야기만."

"선배가 그런 말을……."

부실을 어지럽혔다가 혼나고 후배를 놀리며 장난치고.

그런 아무것도 아닌 일을 그녀는 미후유에게 이야기해준 모양이었다.

"그 아이가 서예부 부원들과 합숙한다고 했을 때는 놀랐어요. 동시에 굉장히 기뻤어요. 서예 이외의 일에는 소극적이었던 그 아이가 스스로 누군가를 데리고 여행을 떠나는 일은 처음이었으니까. 그 정도로 그 아이에게 소중한 친구들이 생겼다는 뜻이고."

확실히 사유키는 애초부터 인도어파였고 놀러 다니는 이미지는 아니었다.

그런 그녀가 적극적으로 합숙을 기획한 건 큰 변화였고 하룻밤 묵을 예정으로 외출해도 된다고 생각할 정도로 서예부 부원들을 아끼고 있었다.

"키류와는 얼마 전 잠깐 싸운 것 같지만."

"그때는 폐를 끼쳤습니다."

화해를 하기 위해 집에 방문을 했을 때의 일을 사과했다.

"그 아이가 그렇게 밝아진 건 키류와 만난 이후부터예요. 그러니까 고마워요. 그 아이와 함께 있어 줘서."

"미후유 씨……."

오늘은 고맙다는 말을 자주 듣는 날인가 보다.

모녀 두 사람에게 감사인사를 받으며 낯간지러운 기분이 들었다.

"앞으로도 그 아이와 사이좋게 지내줘요."

"물론이죠. 저도 선배와 함께 있으면 즐거우니까요."

솔직한 기분을 전하자 미후유는 기쁜 듯 웃었다.

처음에는 어떻게 될지 몰라 초조했지만 그녀와 이야기를 할 수 있어서 다행이라고 생각했다.

"그런데 키류?"

"왜 그러시나요?"

"솔직히 말해서 사유키와는 어디까지 간 건가요?"

"……네?"

"엄마 입장에선 빨리 손자의 얼굴이 보고 싶은데."

"손자?!"

"이상적으로는 남자아이와 여자아이를 한 명씩 원한답니다."

"아뇨, 아뇨, 아뇨?! 잠깐만요!!"

마음 따뜻해지는 화제에서 180도 바뀌어 불온한 분위기로 바뀐 토크에 중지를 요구했다.

"착각하신 것 같은데 저와 사유키 선배는 그런 관계가 아니에요!"

"하지만 키류가 사유키의 가슴을 만졌잖아요?"

"그건 오해입니다!"

사유키에게 자신의 욕망을 채우기 위해 성희롱을 한 적은 한 번도 없었다.

가슴 사이에 손을 집어넣었던 것도 그녀가 수갑 열쇠를 잃어버렸기 때문이고.

"왜, 사유키는 귀엽지만 성격이랄까 성벽에 좀 어려움이 있잖아요?"

"네, 뭐, 그렇죠……."

"그러니까 딸을 받아줄 상대가 없는 건 아닌지 계속 불안했어요."

"네에, 그렇군요."

"하지만 키류가 받아준다면 안심이에요."

"잠깐만요?!"

그건 완벽하게 케이키가 걱정했던 대로의 전개였다.

미후유는 딸과 그 후배를 결혼시킬 생각이었다.

(사유키 선배와…… 결혼?)

그런 일이 생긴다면 기다리고 있는 건 변태적인 부부생활.

언젠가 꾼 꿈처럼 목줄을 목에 건 그녀와 밤마다 산책 플레이에 부지런히 힘쓰는 멋진 신혼 라이프를 보내게 될 것이다.

(아니, 그건 아니지!!)

케이키는 평범한 사랑을 하고 싶었다.

파트너에게 목줄을 거는 부부 생활 따위 언어도단이었다.

"사, 사유키 선배의 상대는 그러니까, 훌륭한 도S가 아니면 해낼 수 없는 거 아닐까요?"

"하지만 사유키는 키류를 장래 유망한 도S남이라고 말했는걸요?"

"전 도S가 아니에요!"

"어머, 어머, 다시 땀이 흐르는 것 같은데 괜찮아요?"

"전 땀을 많이 흘리는 편이거든요!"

"이거 써요."

"아……감사합니다……."

미후유가 기모노 호주머니에서 보라색 손수건을 꺼내 건네주었다.

확실히 땀을 너무 흘려서 기분이 나빴고 감사한 마음으로 사용하기 위해 깔끔하게 접힌 손수건을 펼쳤다.

"……응?"

그 순간 전모를 드러낸 손수건에 케이키는 자신의 눈을 의심했다.

아니, 아름다운 삼각형 구조를 한 그것은 손수건이 아니라─.

도발적일 정도로 얇은 끈, 부자연스러울 정도로 적은 천 면적, 게다가 속살이 비쳐 보이는 레이스 천이라는 삼박자를 고루 갖춘 음란한 팬티였다.

"아니, 이건 팬티잖아요!!"

"어머, 어머, 이런. 손수건과 착각해서 내 팬티를 주고 말았네."

"그런 걸 착각할 수 있나요?! ……어, 어쨌든 돌려드릴게요!"

자신도 모르게 태클을 걸면서 서둘러 팬티를 반품했다.

"그것보다 어째서 그런 게 호주머니에 들어있는 건가요?"

"이런 일이 자주 있는 편이에요. 팬티를 너무 좋아해서 무의식적으로 숨겨 놓는 일이."

"네?"

수수께끼의 대사를 내뱉으며 미후유는 받아든 팬티를 열정적인 표정으로 바라보기 시작했다.

그리고 다음 순간, 사랑스럽게 팬티를 뺨으로 문지르기 시작했다.

"하아…… 이 매끈매끈한 감촉, 음란하면서도 사랑스러운 완벽한 디자인…… 나도 모르게 황홀해져요……."

"미, 미후유 씨……?"

황홀한 표정으로 식식거리며 팬티를 귀여워하는 부인.

너무 다른 차원의 광경에 케이키가 정색하고 있는데 제정신으로 돌아온 미후유가 쑥스러운 듯 뺨을 붉게 물들였다.

"어머, 뭐야. 나도 참, 무의식중에 환각 상태가 되어버려서."

"팬티로 환각 상태가……."

"사실 난 섹시한 속옷을 모으는 게 취미예요."

"설마 하던 속옷 컬렉터……."

"그 외에도 방에 많이 있는데 괜찮으면 한 번 볼래요?"

"아니요."

부인의 속옷 컬렉션을 공개해서 어쩌라는 건지.

도M인 선배의 어머니는 딸과 팬티를 각별히 사랑하는 변태 엄마였다.

◇

그 이후, 귀환한 사유키도 한데 어울려 잡담을 나누던 케이키는 적당한 시기를 살펴 돌아가기로 했다.

배웅을 하러 나온 사유키와 현관을 나가자 밖은 이미 완전히 어두워져 있었고 11월의 맑은 하늘에는 몇 개의 별이 반짝이고 있었다.

"저녁도 먹고 가면 좋을 텐데."

"미즈하가 제 몫까지 만들어놓고 기다리고 있거든요."

"여전한 시스터 콤플렉스네. 역시 유부녀 팬티로 얼굴을 닦는 남자는 어딘가 다르구나."

"안 닦았거든요."

닦기 전에 눈치채서 살았습니다.

"그건 그렇고 설마 미후유 씨가 그렇게 외설스러운 속옷을 갖고 있을 줄이야……."

"엄마는 수집벽이 있으니까. 그 외에도 다양한 걸 모으고 있는 것 같아."

"다양한?"

"큰 소리로 말할 순 없지만 남성기를 본뜬 어른의 장난감이라던가."

"……못 들은 거로 할게요."

"그런 상품을 모으면 아버지가 질투하니까 기쁘다고……."

"예상외로 귀여운 이유였네요."

자신의 아내가 장난감과 바람을 피우고 있다면 질투도 하겠지.

그걸 알고 있으면서도 수집을 멈추지 않고 일부러 남편의 질투심을 부추기다니, 꽤 소악마인 듯했다.

"우리 부모님은 지금도 서로를 정말 사랑한다니까. 밤의 행위에도 충실한 것 같고."

"미안해요. 그런 정보는 듣고 싶지 않아요."

"하지만 부부 사이가 좋은 건 멋지다고 생각해. 질투한다는 건 그만큼 상대를 사랑한다는 뜻인걸."

"뭐, 그건 그렇죠."

사랑의 형태는 사람마다 제각각이었다.

부부 사이를 원만하게 만드는 비결이 어른들의 장난감이라고 해도 괜찮을지 모른다.

"밤의 행위라고 하니 생각나는데, 나도 그날 밤 일을 잊을 수 없었어."

"그날 밤?"

"뒤풀이를 한 날 밤 말이야."

"아……."

여러 가지 일을 너무 많이 겪어서 완전히 잊고 있었다.

케이키는 그날 밤, 사유키와의 사이에서 무슨 일이 일어난 건지 찾고 있었다.

"아앗, 다시 떠올려봐도 몸이 오싹거려! 케이키, 정말 능숙했으니까 버릇이 될 것 같아!"

"제가 그렇게 능숙했나요?!"

"케이키만 괜찮다면 이대로 내 방에서 해줘도 되는데."

"뭘요?!"

"응? 뭐냐니, 당연히 엉덩이 맴매 말이야."

"⋯⋯네?"

엉덩이 맴매?

"아―."

그 말이 기폭제가 되어 케이키의 뇌리에 플래시백처럼 그날 밤 일이 되살아났다.

문화제가 끝나고 서예부 멤버들이 뒤풀이를 했던 날 밤.

파운드케이크와 유이카의 캔 주스로 기분 좋게 취한 케이키는 콧노래를 부르며 자기 방으로 돌아갔다.

창문으로 달빛이 쏟아져 들어와 불을 켜지 않아도 충분히 빛이 확보되는 방.

무의식중에 갖고 와버린 빈 캔을 책상 위에 올려두고 슬슬 자려고 침대로 향하던 그때, 방문을 누군가가 노크했다.

"누구?"

"나야."

문을 열고 들어온 건 사유키였다.

다만 그녀가 입고 있었던 건 흰 와이셔츠 한 장.

어디서 벗어던진 건지 방금까지 입고 있던 치마는 행방불
명 상태였고 셔츠 소매 사이로 살짝살짝 핑크색 속옷이 보
였다.

"이런, 이런, 실로 섹시하고 멋진 차림이네요."

"칭찬을 받다니, 영광이야."

알코올의 마력으로 서로의 언동이 이상했지만 술주정뱅
이뿐인 이 방에서 태클을 걸 사람은 아무도 없었다.

"그런데, 이렇게 야심한 밤에 무슨 일이세요?"

"으응, 케이키에게 부탁할 게 있어서 왔어."

"부탁?"

"나, 알바는 잘렸지만, 열심히 카페를 홍보했잖아."

"그렇죠. 굉장한 공적이라고 생각해요."

"그러니까…… 응? 열심히 한 상을 줬으면 좋겠어."

그렇게 말하며 책상에 양손을 짚은 사유키는 유혹하듯 커
다란 엉덩이를 내밀었다.

핑크빛 속옷으로 감싼 매혹적인 과실.

희미한 어둠 속에서도 그녀의 새하얀 다리는 굉장히 눈부
시게 보였다.

"상이라면 구체적으로 뭘 원하는 거예요?"

"저, 정말, 알고 있으면서……. 애태우지 말고 빨리 줘!"

"안 돼요. 제대로 말하지 않으면 상은 주지 않을 거예요."

"으윽…… 케이키는 정말 짓궂어."

"그걸 선배는 더 좋아하잖아요?"

"그, 그런 건……."

"자, 뭘 원하는지 그 경박한 입을 사용해서 말해보세요."

"읏!"

말로 힐책당하며 괴롭힘당하는 쾌감에 입술을 다무는 소녀.

안타까워하며 몸을 떨던 그녀는 더 이상 참을 수 없는 듯 음란하게 외쳤다.

"엉덩이! 엉덩이를 찰싹찰싹 때려줘! 사유키의 음란하고 큰 엉덩이를 마음껏 때려줘!!"

"좋아요!!"

"아앙! 굉장히 격렬하게!!"

……뭐, 그런 느낌으로.

술주정뱅이로 변한 케이키는 사유키가 바란 대로 그녀의 엉덩이를 오로지 손바닥으로 계속 때려주었다.

"그런 거였어……?"

"우후후, 오랜만에 경험하는 엉덩이 맴매는 각별했어. 개

인적으로는 대만족이야."

케이키가 사유키와 하고 있었던 건 단순한 엉덩이 맴매였다.

그거야 격렬하게 엉덩이를 맞으면 얼얼하겠지.

(그러고 보니 변제가 끝나면 엉덩이를 찰싹찰싹 때려주기로 약속했었지.)

서예부의 폐부를 저지하기 위해 알바를 찾았을 때 일하고 싶지 않다고 말하는 상급생을 분기시키기 위해 미끼로 상을 주겠다고 약속했었다.

(유이카가 본 건 내가 선배의 엉덩이를 때리는 모습이었어.)

그래서 '엉덩이는 안 돼요'라는 말을 한 거구나.

야밤에 방에서 여자의 엉덩이를 마구 때리는 남자라니, 공포 이외의 어떤 것도 느껴지지 않았을 것이다.

그리고 계속 엉덩이를 괴롭힘당한 후 만족한 사유키는 그대로 침대에서 잠들고 만 것이다.

아침이 되어 기억을 잃은 케이키가 눈을 떴을 때, 알몸의 상급생을 발견하면 이상하게 느낄 것이고, 무슨 일이 벌어진 것 같은 수상한 상황이 완성되는 것이다.

"다행이다……. 난 아무것도 잃지 않았어……."

모든 것은 착각으로부터 만들어진 비극.

사유키와의 사이에 꺼림칙한 일은 아무것도 없었다.

소중한 동정을 잃지 않았던 것이다.

이렇게 모든 수수께끼가 풀리고 새신랑이 되는 미래를 회피한 케이키는 밝은 기분으로 토키하라 가를 뒤로 했다.

◇

토키하라 가를 찾아간 그다음 날. 목요일 방과 후.

케이키가 부실을 찾아갔을 때 사악한 미소를 띠고 있던 마오가 테이블을 마주하고 굉장한 기세로 펜을 움직이고 있었다.

그 저속한 표정을 보고 그녀가 무엇을 그리고 있는지 순간적으로 이해했다.

"또 BL 신작을 그리는 거야?"

"홋, 내가 생각해도 잘 그린 것 같아."

"아아…… 케이크가 쇼우토 이외의 남자에게……."

그건 예상대로 굉장히 농밀한 BL 만화였지만 주인공인 케이크를 안고 있는 건 쇼우토가 아니라 여자 같은 얼굴의 미소년이었다.

그 미소년은 명백히 린타로를 모델로 한 캐릭터로…….

"그러고 보니 남자판 미타니와 있는 모습을 들키고 말았지……."

"그때만은 신께 나의 행운을 감사드렸어."

"그래서 새로운 캐릭터의 이름은 '린노스케'라고?"

"중후하고 느낌이 괜찮지?"

"난죠는 이제 그만 모델로 한 녀석들에게 개런티를 지불해야 한다고 생각해."

참고로 린노스케는 인원이 부족한 학생회로 케이크를 끌어들이고 몸을 이용해 쇼우토에게서 케이크를 빼앗으려는 후배라는 설정인 듯했다.

"하지만 이럼 케이크는 린노스케에게 빼앗기게 되는 거 아니야?"

"응? 남자가 남자에게 빼앗기는 데에 무슨 문제라도 있어?"

"그렇게 순수한 얼굴로……."

"뭐, 나중에 격앙된 쇼우토에게 격렬하게 안기고 다시 돌아오게 되지만."

"두통이 일기 시작했어……."

일면식도 없는 타인이라고 해도 자신과 아주 닮은 남자가 많은 남자들에게 계속 당하는 걸 보고 뭐라 형용할 수 없는 기분이 들었다.

"것보다 이번에도 케이크는 바텀이구나……."

"역시 케이크는 바텀 역할이기 때문에 더 빛난다고 생각해. 쇼우토에겐 비밀로 한 채 후배에게 당하고 배덕적인 쾌감에 몸을 떨다니, 엄청 흥분되는 전개라고 생각하지 않아?"

"생각 안 해."

남자들만의 삼각관계 따위 전혀 매력을 느낄 수 없었다.

"그래서 키류에게 좀 상담하고 싶은 게 있는데."

"상담?"

"작화에 참고로 하고 싶으니 너의 거기를 좀 보여주지 않 겠어?"

"보여줄 리가 없잖아!!"

"쳇, 미즈하에게는 보여줬으면서."

"그건 보여준 게 아니라 보이고 만 거야."

욕실에서 알몸을 오픈하게 된 건 불행한 사고였다.

스스로 다리 사이를 보여주면서 기뻐하는 취미는 없었다.

"정말 난쪼도 참…… 다리 사이를 보여 달라고 말하는 여 자는 너밖에 없을 거야."

"부장도 그렇게 말할 것 같은데."

"그렇게 말할 것 같지만 그런 말을 들은 적은 없어."

……아니, 어떨까?

없었던 것 같긴 하지만 그 변태라면 확실히 그런 말을 했 다고 해도 이상하진 않았다.

변태 BL 작가와의 대화가 발단이 되어 아무래도 상관없 는 기억의 발굴 작업에 부지런히 힘쓰고 있는데 부실 문을 누군가가 소극적으로 노크하고 있었다.

"응? 누구지?"

서예부에 손님이라니, 드문 일이었다.

마오에게로 시선을 보냈고 외부인에게 보이지 않도록 그녀가 원고를 숨기는 걸 확인한 후 케이키는 문을 열었다.

문 너머에는 학생회 소속의 1학년생, 나가세 아이리가 서 있었다.

"키류 선배……."

"나가세?"

서예부을 찾은 후배는 왠지 상태가 좀 이상했다.

머뭇거리며 안절부절 못하는 모습으로 부끄러운 듯 뺨을 붉히고 있었고 그럼에도 어딘가 골똘히 생각하는 듯한 표정으로…….

"저기, 선배……저, 저에게―."

사랑 고백이라도 시작할 것 같은 분위기 속에서 마음을 먹은 듯 아이리가 말했다.

"키류 선배의― 거기를 보여주세요!"

"……."

기시감이 있는 요구에 자신도 모르게 이마를 꽉 억누르는 성희롱 피해자.

다리 사이를 보여 달라 말하는 여자가 아무래도 또 한 명 더 있는 듯했다.

나가세 아이리가 키류 케이키에게 부적절한 발언을 하기 전날.

방과 후 학생회실에서는 임원들에 의한 다과회가 개최되고 있었다.

"역시 아야노가 만든 쿠키는 맛있어."

"그렇게 말해줘서 기뻐."

"케이 선배도 정말 안됐어요. 학생회 임원이 되면 아야논 선배의 과자를 마음껏 먹을 수 있을 텐데."

"흥, 키류 선배에게 아야노 선배가 직접 만든 쿠키라니, 10년은 빨라."

시호와 아야노, 여장한 린과 아이리 4명이 테이블을 둘러싼 채 기분 좋게 이야기를 나누며 홍차와 과자에 입맛을 다시고 있었다.

뭔가 큰 이벤트가 끝난 후에는 이렇게 차를 마시며 반성회를 갖는 게 학생회의 관례였다.

(문화제도 끝났고 당분간은 느긋하게 보낼 수 있겠지.)

쿠키를 베어 먹으면서 아이리는 그런 생각을 하고 있었다.

하지만 매우 바쁜 학생회 임원이 되면 좀처럼 그럴 수도 없었다―.

"아, 그렇지. 다음 주에 이사장님이 학교 시찰을 하러 나

오시게 됐는데 또 학생회의 누군가에게 안내 역할을 부탁하고 싶다고 하셨어.”

시호가 입 밖으로 꺼낸 건 돌발적인 업무 일정.

그 갑작스러운 이야기에 린이 반응을 보였다.

“이사장님이라면 넘치는 근육 때문에 양복이 늘 터질 것 같은 사람이죠? 세련된 수염을 기른.”

“맞아, 맞아, 그 사람.”

이사장은 쓸데없이 근육질인 중년 남성이었다.

지금까지도 몇 번인가 시찰하러 왔었는데 그때마다 임원들 중 누군가가 안내 역할을 맡아왔다.

교내를 산책하면서 이사장의 이야기 상대가 되어주는 게 주된 업무 내용인 듯했다.

“그래서 이번에는 아이리에게 안내역을 부탁하고 싶어.”

“……네?”

경애하는 회장님이 던진 말은 생각도 하지 않았던 지명.

알고 있는 대로 아이리는 어른 남성을 싫어했다.

보다 정확하게 말하면 남자를 싫어했다.

그래서 지금까지 그런 안건을 맡은 적은 없었는데…….

“하, 하지만 시호 선배? 이사장님은 남자고 저에게는…….”

“아이리는 문화제 때도 접객 태도가 나쁘다는 불만을 들었잖아?”

“으윽…….”

그랬다.

귀신의 집 접수를 담당했을 때, 남자에 대한 나쁜 태도가 화가 되어 일반인들로부터 불만이 제기됐었다.

그때는 시호가 중재해줘서 일이 무사히 끝났는데…….

"싫어하는 건 어쩔 수 없지만 학생회 임원으로서 적어도 평범하게 이야기를 할 수 있을 정도로는 남자에게 익숙해지는 게 좋다고 생각해."

"그건……."

"그러니 이사장님의 상대는 너에게 맡길게."

"……네, 알겠습니다."

그래도 아이리는 학생회 임원. 남자와 여자에 따라 태도를 바꾸는 건 좋지 않다고 자각도 하고 있었다.

시호의 지적은 지극히 타당했기에 아이리는 반론할 수 없었다.

◇

"……그래서, 제가 이사장님의 안내역을 맡게 됐어요."

나가세의 부적절한 발언으로부터 10분 후.

사정을 듣기 위해 장소를 옮긴 빈 교실에서 책상을 사이에 두고 맞은편 의자에 앉은 아이리가 케이키에게 경위를 설명했다.

"과연, 처음으로 맡은 안내역이구나."

"하지만 전 남자를 상대로는 무의식적으로 위압적인 태도를 취하게 되니까 이사장님께도 폭언을 내뱉고 말 것 같고……지금의 저로서는 이 일을 진지하게 해낼 자신이 없어요."

"그건 또 어려운……."

남자를 싫어하는 아이리가 남자에게 위압인 태도를 취하는 건 통상적인 일이었다.

구기대회 때도 그 태도가 원인이 되어 남학생을 화나게 했었다.

그런 그녀에게 이사장님의 안내역은 확실히 어려운 일이겠지.

폭언을 내뱉는 것은 당치도 않았고 실례를 범하면 학생회의 체면에도 문제가 생길 것이다.

"남자에게 익숙해지라고 했는데 구체적으로 어떻게 해야 좋을지 알 수가 없어서……."

"그래서 나에게 상담하러 온 거야?"

아이리가 남자를 싫어하게 된 건 초등학교 때의 트라우마가 원인이라고 했다.

초등학교 4학년이라는 감수성 예민한 나이였던 아이리는 같은 반 남자아이가 그녀의 리코더를 두루두루 핥고 있는 충격적인 현장을 목격하고 말았다.

그런 일을 당했으니 남자와의 관계를 끊고 백합의 세계로 도망치는 것도 수긍할 수 있었다.

"사정은 알겠지만 그게 어째서 다리 사이를 보여 달라는 이야기로 이어지는 거야?"

"스마트폰으로 여러 가지 검색해보니 '남자를 알기 위해선 하반신부터'라고 쓰여 있어서……."

"그건 분명 찾아야 할 사이트를 착각한 것 같은데."

"저도 말을 하고 나서 이상하다는 걸 바로 깨닫고 죽고 싶어졌어요."

자신의 실언을 떠올리며 아련한 눈을 하는 후배.

아마 아이리는 어른들을 위한 연애 입문 사이트를 체크했을 것이다.

기사 내용이 이상하다는 것도 눈치채지 못할 정도로 괴로워했던 것이다.

"무리일 것 같으면 안내역을 바꿔 달라고 하는 게 좋지 않겠어?"

"그렇게 말했는데 시호 선배가 안 된다고."

"그 사람, 그렇게 보여도 의외로 엄격하니까……."

평소에는 상냥한 누나 타입인데 업무와 관련된 일에는 웃는 얼굴로 과혹한 할당량을 부과하곤 했다.

"참고로 이사장님은 언제 오시는데?"

"다음 주 목요일이에요."

"딱 일주일 후인가……시간이 없구나……."

서툰 부분을 극복하기에는 시간이 너무 짧았다.

천천히 대책을 짤 여유는 없을 것 같았다.

"저, 변하고 싶어요. 나 때문에 학생회 모두에게 폐를 끼치고 싶지 않고, 남자들과도 평범하게 이야기하고 싶어요."

"나가세……."

"부탁이에요! 이런 걸 부탁할 수 있는 건 키류 선배밖에 없어요! 저에게 남자와의 대화 방법을 가르쳐주세요!"

"으—음……."

그녀의 남자 혐오는 뿌리가 깊었다.

원인이 원인인 만큼 교정하는 건 상당히 어려울 것이다.

다만 그녀에게는 학생회에 있었을 때 여러 가지로 신세를 졌었다.

짧은 시간이었지만 함께 일한 귀여운 후배의 부탁이었다.

"뭐, 고칠 수 있다면 고치는 게 더 낫다는 건 확실하니까."

"……웃! 감사합니다!"

이렇게 전직 임시 임원은 아이리의 부탁을 들어주기 위해 발 벗고 나서기로 했다.

◇

다음 날 점심시간. 여전히 인적이 없는 빈 교실에서.

케이키와 아이리 두 사람은 어제와 똑같이 책상을 사이에 두고 서로 마주 보고 앉아 있었다.

"그럼 지금부터 나가세가 남자에게 익숙해지기 위한 특훈을 실시하고 싶어."

"잘 부탁드립니다."

방과 후에 학생회 업무가 있는 아이리의 사정에 맞춰서 특훈은 점심시간에 행하기로 했다.

여기에는 기본적으로 아무도 오지 않기 때문에 걱정 없이 그녀를 조교할 수 있겠지.

"목표는 남자를 상대로도 평범하게 대화할 수 있을 정도면 되는 거지?"

"글쎄요. 남자를 상대로는 아무리 노력해도 경계 모드로 변한다고나 할까, 공격적으로 변하고 마니까 무턱대고 화나게 하지 않을 정도로는 변하고 싶어요."

"나나 린타로는 이미 익숙하지만 나가세는 남자에게 상당히 입이 거치니까."

"으…… 고치고 싶다고 생각은 하고 있는데……."

가차 없는 지적에 아이리가 의기소침해졌다.

구기대회 때, 케이키에게 주의를 받고 고치려고 한 것 같지만 못된 버릇이 쉽게 고쳐진다면 고생할 일도 없겠지.

그 원인이 유소년기에 트라우마라면 더더욱이었다.

"뭐, 이런 건 안달해봤자 별수 없으니, 천천히 해보자."

"네, 열심히 해볼게요."

진지한 얼굴로 고개를 끄덕이는 아이리.

후배의 기세를 확인한 후 오늘의 본론으로 들어갔다.

"그럼 바로 남자와 이야기하는 연습을 해보자."

그렇게 말하며 지참한 종이봉투에서 꺼낸 건 한 장의 CD.

재킷에는 산뜻한 꽃미남 일러스트가 그려져 있었다.

"뭐예요, 그게?"

"이건 이른바 보이스 CD라는 거야. 아주 다양한 꽃미남들이 부드럽게 말을 걸어주는 훌륭한 물건이지."

"그런 건 대체 어디서 파는 거야……?"

"입수 경로는 묻지 말아줘."

양질의 BL 작품을 만들어내기 위해 이런 자료를 대량으로 소지하고 있는 인물에게 사정을 설명하고 빌려온 것이었다.

"나가세는 지금부터 5분 동안 꽃미남들을 상대로 대화 연습을 할 거야."

"그건 정말 효과가 있을까요?"

"있다고 믿으면 분명 있을 거야."

"나, 상담 상대를 잘못 찾아온 걸지도 몰라……."

"좋아, 그럼 음성을 들려줄게."

음악실에서 빌려온 카세트 라디오에 보이스 CD를 넣었다.

재생 버튼을 누르자 머지않아 그건 흘러나오기 시작했다.

『뭐야, 드디어 온 거야? 늦은 만큼 키스로 갚아줘야 해.』

『이 세상 어디를 찾아봐도 너보다 귀여운 여자는 없을 거야.』

『이봐, 이봐, 어두운 얼굴을 하고 무슨 일이야? 내 앞에서는 안 참아도 돼.』

『좀 더 이쪽으로 와. 설령 신이 우리를 방해한다고 해도 절대로 널 놓지 않을 테니까.』

엄청 멋있는 목소리로 차례차례 만들어지는 아니꼬운 대사들.

그런 꽃미남 보이스를 들으며 아이라는―.

"이거, 무슨 벌칙이야……?"

이렇게 죽은 생선 같은 눈으로 자신의 심경을 표현하고 있었다.

"자, 컷!"

차마 볼 수 없었던 교관이 바로 일시 정지 버튼을 눌렀다.

"어떻게 된 거야, 나가세? 아무 말도 안 하면 연습이 되질 않잖아."

"그렇게 말해도……."

"가공의 꽃미남에게 겁을 내서야 실물과 담소 따위 영원히 나눌 수 없어. 남자와 평범하게 이야기할 수 있게 변하고 싶다고 말한 건 누구였지?"

"아, 알고 있어요!"

"그럼 정신을 가다듬고 두 번째 테이크로 갑니다!"

교묘한 화술로 후배의 의욕을 불러일으킨 후 다시 재생 버튼을 눌렀다.

『어째서 넌 그렇게 아름다운 거야?』

"모르겠어요."

『말은 그렇게 해도 실은 나에게 흥미가 있는 거지?』

"없거든요."

『저기, 저기, 나중에 같이 식사라도 하지 않겠어?』

"죽어도 싫어요."

『그렇게 토라지지 마. 나에게만 보여줘, 부끄러워하는 너의 미소를.』

"그냥 죽어주세요."

그렇게 5분 동안 보이스 CD를 상대로 대화 연습을 했지만……

"너무 신랄해……"

남자에 대한 아이리의 대응은 너무 심했다.

가공의 꽃미남들이 불쌍해질 레벨의 냉담한 태도였다.

"이런 대응을 보이면 이사장님이 울상이 되어버릴 거야. 남자는 의외로 섬세하니까 여자에게 독한 말을 들으면 꽤 상처 입는다고."

"윽…… 하지만 남자의 목소리만으로도 거부 반응이 나오는걸요……."

"흐음, 목소리만으로도 안 되겠어?"

"죄송해요……."

거북한 듯 눈을 내리까는 아이리였지만 케이키도 처음부터 성공할 거라고는 생각하지 않았다.

"뭐, 천천히 하자고 했던 건 나였고 처음부터 레벨이 좀 높았을지도 몰라. 나가세가 괴로우면 오늘은 그만할까?"

그 제안에 아이리가 홱 고개를 들었다.

"아뇨, 이런 일에 질 수는 없죠! 특훈을 계속하게 해주세요!"

"잘 말했어! 그럼 나도 적당히 하지 않을 거야!"

"바라던 바예요!"

후배가 믿음직스러운 결의표명을 하고 몇 분 후―.

"……저기, 키류 선배?"

"왜?"

"바라던 바라고는 했지만 이건 역시 좀 그런 것 같은데요?"

그런 불만을 토로하는 아이리가 있는 곳은 의자에 걸터앉은 케이키의 무릎 위였다.

남자 선배의 무릎 위에, 그녀는 오도카니 앉아 있었다.

"이 거리감에 익숙해지면 평범하게 대치하는 정도로는 긴장하지 않게 될 거야."

"그건 그럴지도 모르지만……."

"이거 봐, 또 얼굴이 굳어졌어. 커뮤니케이션의 기본은 미소야. 어떤 때에도 미소를 잊지 마."

"이 악마 교관!"

욕설을 퍼부으면서도 아이리가 싱긋 미소를 만들었다.

이건 남자를 상대로도 미소가 지워지지 않도록 하기 위한 특훈으로 책상 위에 거울을 올려두고 뒤에서도 후배의 얼굴을 확인할 수 있게 했다.

"그래, 그래, 다소 굳어 있지만 느낌은 좋아."

"크윽, 나중에 기억해두겠어요……."

"오오, 건방진 말을 하면 페널티가 있어."

"페, 페널티……?"

"크큭큭 지금의 난 악마 교관이니까. 기억력이 나쁜 아이에게는 머리를 쓰다듬는 벌을 주겠어."

선언한 대로 제자의 머리에 손을 올리고 쓰다듬기 시작한 악마 교관.

그런 심한 폭거에 아이리가 당황해서 이의를 제기했다.

"잠깐, 키류 선배?! 이건 아무리 그래도—."

"이것도 특훈의 일환이야."

"하지만……."

"특훈의 일환이야."

"으윽……알겠어요……왜 내가 이런 치욕을……."

수치심에 얼굴을 새빨갛게 물들인 채 아이리는 벌을 받

았다.

불만투성이였지만 자신의 의사로 사사한 이상 교관의 방식에는 따를 방침인 듯했다.

"뭐, 하지만 나가세는 열심히 하고 있다고 생각해."

"네?"

"처음에는 날 부모님의 원수 정도로 싫어했으니까. 날 난봉꾼이라고 여기면서 가까이하는 것도 싫어했고."

"그런 일도 있었던가요……?"

"그래도 지금은 나름대로 이야기는 할 수 있잖아?"

"아……."

호감도 마이너스 상태에서 우여곡절을 겪고 지금의 관계로 발전했다.

그만큼 까닭 없이 싫어했던 상급생도 이렇게까지 친해질 수 있었던 것이다.

"그러니까 초조해하지 않아도 언젠가는 누구와도 스스럼없이 이야기를 할 수 있게 될 거야."

"키류 선배……."

그녀에게 그럴 마음만 있다면 그 미래는 분명 가까운 시일 내에 찾아올 것이다.

"뭐, 이사장님의 안내역은 시간을 기다려주질 않으니까 그쪽은 최대한 빨리 대책을 세워야 하겠지만."

"그렇긴 하죠."

무릎 위에 앉은 채 질린 듯 아이리가 말했다.

"무릎에 올려두고 머리를 쓰다듬고, 이렇게 부끄러운 경험을 하게 했으니까 책임지고 마지막까지 돌봐주셔야 해요."

"그래, 물론이지."

도중에 내팽개칠 거였다면 처음부터 받아들이지도 않았다.

일을 맡은 이상 마지막까지 길러내는 게 교관의 책임이겠지.

"그럼 이 상태에서 한 번 더 보이스 CD 트레이닝을—."

"그건 좀 봐주세요!"

그날 방과 후, 케이키는 익숙한 부실로 발을 옮겼다.

"내가 제일 먼저 온 건가?"

일이 있어서 늦을 거라는 부장에게서 받은 열쇠를 사용해 실내로.

가방을 내려놓고 환기를 위해 창문을 연 다음 의자에 앉았다.

아무것도 하지도 않은 채 멍하니 창문 밖을 바라보고 있는데 큰 하품이 흘러나왔다.

"좀 졸리네……."

어젯밤에는 그 특훈 준비로 밤늦게까지 자지 못해서 별로 수면 시간을 갖지 못했다.

수업 중에 앉아 조는 실수는 기합을 넣어가며 피했지만

슬슬 졸음도 한계인 듯 이대로 눈을 감으면 한순간에 잠에
들 자신이 있었다.

"······잠깐 정도라면 괜찮겠지······?"

결국 수마의 유혹에는 이기지 못하고 눈을 감아버리고 말
았다.

이 장소가 '변태들의 소굴'이라는 걸 완전히 잊어버리고.

······.

······.

······.

······철컥 철컥. 달그락.

"······응?"

무언가 불온한 금속음 때문에 멀어지고 있던 의식이 돌아
왔다.

몸을 일으켰을 때 바로 옆에 금발벽안의 미소녀가 서 있
었다.

"아, 눈을 뜨셨어요?"

"유이카?"

언제 봐도 천사처럼 귀여운 후배.

하지만 잠에서 덜 깬 케이키의 시선은 그 미소가 아닌 그
녀의 손에 쏠려 있었다.

"유이카······ 그쪽 손에 들고 있는 끈 모양의 물체는 대체
뭐야?"

"이건 리드예요. 강아지를 산책시킬 때 쓰는 거죠."

"어째서 그런 걸……."

보통 학교에 강아지용 리드는 갖고 오지 않는다.

게다가 그 리드의 끈은 웬일인지 케이키를 향해 뻗어 있었고…….

"설마―."

안 좋은 예감이 들어 자신의 목에 손을 대 보았다.

그러자 거기에는 아니나 다를까 리드와 연결된 멋진 목줄이 장착되어 있었다.

"왜 목줄을 채운 거야?!"

"케이키 선배가 졸고 있길래 저도 모르게 무심코 채우고 말았어요♪"

"그건 결코 무심코가 아니잖아!"

부실에서 졸고 있는 사이 여자 후배가 목줄을 채우고 리드와 연결시켜버렸다.

사태를 납득하지 못하는 케이키에게 유이카가 불만스럽게 입술을 삐죽거렸다.

"최근 케이키 선배는 너무 반항적인 것 같아요."

"반항적……?"

"중간고사 때, 유이카에게 눈가리개를 하고 짓궂게 굴었고."

"……."

"뒤풀이날 밤에는 마녀 선배와 즐긴 것 같고."

"……."

"그중에 핵심은— 이거."

그렇게 말하며 유이카가 내민 건 스마트폰이었다.

그 화면에 담겨 있는 건 몇 시간 전 찍힌 증거 사진.

빈 교실에서 트윈 테일의 여학생을 무릎 위에 올리고 그녀의 머리를 집요하게 쓰다듬는 키류 용의자를 찍은 것이었다.

"확실히 케이키 선배가 전에 아이리와는 아무 일도 없다고 했었죠?"

"……."

말했습니다.

서예부 멤버들에게 아이리와의 관계를 의심받았을 때, 그녀와의 사이에는 아무런 일도 없었다고 단언했었다.

"그런 것치고는 꽤 친밀한 분위기네요."

"……."

결정적인 현장을 들켰으니 유죄는 확정.

얼굴은 미소를 짓고 있는데 조금도 웃지 않는 후배의 눈이 너무 무서웠다.

"이건 오랜만에 벌이 필요할 것 같지 않아요?"

"자, 잠깐만 기다려봐! 우선 진정하고 내 이야기를 들어줘!"

"단호히 거부할게요."

"단호히 거부당했어!!"

"그런 이유로, 지금부터 케이키 선배는 유이카의 개예요. 갑작스럽지만 개처럼 엎드려보시겠어요?"

"아니, 저기, 역시 그건……."

"어라라? 이상하지 않아요?"

"뭐?"

"선배는 개니까 대답할 때는 '멍'이라고 해야죠."

"히익?!"

오랜만에 유이카의 눈동자에 광기의 빛이 서려 있는 것을 봤다.

그건 케이키의 입에 방금 벗은 팬티를 쑤셔 넣었을 때와 똑같은 눈이었다.

(시키는 대로 하지 않으면 또 팬티를 입에 쑤셔 넣고 말 거야……!)

노예 후보의 머릿속에서 그 무시무시한 트라우마가 되살아났다.

동시에 싹튼 건 두 번 다시 질식할 수 없다는 강한 삶에 대한 집착.

"한 번만 더 말할게요. 개는 개처럼 엎드려주세요."

"멍!"

이미 프라이드 같은 건 없었다.

살아남기 위해 한 마리의 개가 된 케이키는 그 자리에서 엎드렸다.

"아하, 정말 시키는 대로 하다니, 훌륭하네요. 선배는 영리하니까 상으로 밟아줄게요."

"흐으응?!"

후배에게 머리를 밟히며 자신도 모르게 흘러나온 비통한 부르짖음.

양말로 감싼 작은 발이 후두부를 가차 없이 공격했다.

밟기 전에 신발을 벗은 건 그나마의 자비인 거겠지.

"아앗, 실수한 노예를 길들이는 이 감각! 정말 기분 좋아요! 기분 좋으니까 좀 더 꾹꾹 눌러줄게요!"

"머, 머엉! 멍멍!"

목줄에 연결된 리드를 손에 들고 하고 싶은 대로 하는 여왕님.

꾹꾹 머리를 밟히면서 물개 같은 소리를 내는 개.

카오스라고밖에 말할 수 없는 공간에서 유이카 님의 벌을 받고 있는데 부실 문이 열리고 흑발의 상급생이 얼굴을 내밀었다.

"어라?"

가방을 손에 들고 부실로 들어온 사유키가 그 광경에 눈을 똥그랗게 떴다.

"사유키 선배?! 사, 살려—."

"왜 둘이서만 재미있는 일을 하고 있는 거야?! 나도 끼워줘!"

225

"사유키 선배에에에!!"

구원의 여신이 나타난 줄 알았지만 여신은 악마의 동료였다.

이후 두 명의 변태에게 지독한 일을 당한 건 말할 것까지도 없었다.

◇

새로운 한 주가 시작되는 월요일 점심시간.

3일 후로 다가온 이사장님과의 결전에 앞서 한층 더 강한 특훈을 수행하기 위해 빈 교실을 방문한 아이리는 교실로 들어온 순간 그 자리에서 멈춰섰다.

"오, 왔어? 나가세."

"오긴 했는데요……."

그녀가 경계의 빛을 엿보인 건 케이키 이외에 2명의 남학생이 더 있었기 때문이다.

한 명은 테니스부 소속의 에이스 꽃미남, 아키야마 쇼마.

또 한 명은 학생회 소속으로 바지가 그다지 안 어울리는 미소년, 미타니 린.

"몇 번인가 서로 만났으니 알고 있을지도 모르겠지만 이 녀석은 아키야마 쇼마. 성장 중인 여자아이들을 좋아하는 유감스러운 꽃미남이지."

"안녕, 아키야마라고 해. 어린 여자애들이 내 타입이지."

"로리콘이잖아요……."

쇼마의 자기소개에 아이리의 시선이 차가워졌고,

"그리고 이미 알고 있는 것처럼 학생회 서기인 미타니 린."

"안녕하세요, 린입니다~ 학생회 동료죠~."

"단순히 여장이 취미인 녀석이잖아요……."

린타로의 자기소개에도 쓰레기를 보는 눈으로 대응했다.

로리콘과 여장 남자의 변태 콤비였지만 물론 의미도 없이 불러낸 건 아니었다.

"오늘의 특훈은 이 두 사람도 협력해줄 거야."

"대체 뭐가 시작되는 건가요……?"

시작하기 전부터 불신감을 드러내는 아이리.

동물적인 감성으로 무언가를 감지한 걸지도 모른다.

"일단 나가세는 뒤로 돌아서 눈을 감아줘."

"정말 안 좋은 예감밖에 안 들어……."

"이것도 특훈의 일환이야."

"키류 선배는 특훈이라고 하면 모든 것이 용납될 줄 아시는 건가요?"

투덜투덜 불만을 늘어놓으면서도 아이리가 뒤를 돌아 눈을 감았다.

그걸 확인하고 케이키는 쇼마와 린타로에게 말을 걸었다.

"좋아, 그럼 제군들, 시작해볼까?!"

""오케이!""

리더의 지시에 두 명의 남자가 천천히 옷을 벗기 시작했다.

물론 케이키도 예외는 아니었다.

교복 재킷을 의자에 걸쳐놓고 셔츠와 양말, 바지까지 벗어던졌다.

학교 교실에서, 그것도 여학생도 있는데 남학생 3명이 옷을 벗는 광경은 꽤 이상했다.

이윽고 준비가 완료되고 키류 교관이 제자를 향해 말을 걸었다.

"이제 이쪽으로 돌아봐도 돼."

"아, 네……."

눈을 감은 아이리가 천천히 뒤로 돌았다.

그리고 그곳에 펼쳐진 광경을 눈앞에서 직접 본 그녀는 '히익?!' 하고, 만원 전차에서 치한을 만난 것 같은 비교적 진심이 담긴 비명을 질렀다.

그것도 그럴 것이.

아이리의 시선 끝에는 수영 팬츠 한 장만 입은 남학생들이 주르륵 늘어서 있었으니까.

"싫어어어어어?! 여자 앞에서 무슨 차림을 하고 있는 거예요?!"

"착각하고 있다면 미안하지만 이건 팬티가 아니라 수영복이야."

"그렇다고 해도 이런 곳에서 수영복 차림이 된 이유를 모르겠어요!"

"수영 팬츠 차림인 우리와 즐겁게 놀 수 있다면 이사장님 한 명을 상대하는 건 별것 아니겠지?"

"전부터 어렴풋이 생각하고 있었는데 키류 선배, 정말 바보 아니에요!?"

상도를 벗어난 상황에 나가세는 착란 상태였다.

그런 아이리의 순진한 반응을 반라의 남학생들이 피식 웃는 얼굴로 지켜보고 있었다.

"수영복 입은 모습에 당황하다니, 나가세는 정말 귀엽네요~."

"이해해, 이해해. 나의 코하루에게는 이길 수 없겠지만 꽤 작고 귀여운 것 같아."

"어라, 아키야마 선배, 여자친구가 있어요? 너무 부러워요."

"한 살 연상이지만 초등학생처럼 작고 귀여운 로리야."

"그건 엄밀히 말하면 로리가 아니잖아요……?"

로리콘의 발언에 린타로가 고개를 갸웃거렸지만 그건 둘째 치고.

"그런 이유로 나가세, 오늘은 우리와 즐겁게 교류할 거야."

"이건 이미 벌칙을 넘어 고문 레벨인 것 같은데요?!"

남자를 싫어하는 아이리에게 거의 알몸인 남자가 세 명이

나 있는 이 교실은 상상 이상으로 엄격한 환경인 듯했다.

　진심으로 싫어하는 듯한 표정을 지었지만 이것도 특훈.

　엄격하게 하지 않으면 의미가 없었다.

　아이리가 목표로 하고 있는 건 남자와 평범하게 이야기할 수 있게 되는 것.

　업무에 지장이 생기지 않을 레벨까지 남자에 대한 내성을 키우고 싶었다.

　남자에 대한 면역을 기르기 위해서는 케이키가 아닌 다른 남자와의 교류가 불가결했다.

　그래서 쇼마나 린타로에게도 협력을 요청했고 아이리가 다른 남자와도 원활하게 대화를 할 수 있도록 트레이닝할 수 있는 자리를 만든 것이다.

　"것보다 아키야마 선배도 미타니도 수영 팬츠 차림이 된 것에 의문은 없었나요?"

　"뭐, 친구에게 부탁받았으니 거절할 수 없잖아. 귀여운 후배를 위해서라고 했고."

　"나도 나가세에 대해선 신경 쓰고 있었으니까. 학생회 동료인 데다 얼마든지 협력할게요."

　"……."

　두 사람의 대답에 아이리는 말을 잇지 못했고,

　"……협력, 감사합니다."

　쌀쌀맞지만 솔직한 기분을 전했다.

"그럼 인사도 끝났으니 트럼프를 시작해볼까?!"

키류 교관의 호령에 네 사람은 책상을 둘러싸고 도둑잡기를 하기 시작했다.

좌석의 순서는 케이키부터 시계방향으로 아이리, 린타로, 쇼마 순이었다.

물론 남자들은 수영 팬츠 차림인 채였고, 그 이상한 분위기에 아이리가 이마를 손으로 감싸며 '머리가 이상해질 것 같아……'라고 중얼거렸다.

다 섞인 트럼프를 균등하게 나누고 각자 짝이 되는 카드를 버려나갔다.

"모처럼 카드게임을 하게 됐는데, 벌칙이 있는 게 더 불타오르지 않겠어?"

"그것도 그러네. 미타니는 뭐가 좋을 것 같아?"

"으―음……. 꼴찌가 한 장씩 벗는 건 어때요?"

"절대로 싫어. 애초에 나를 뺀 나머지는 한 번이라도 지면 전라가 되잖아."

아이리의 말대로 이 장비에서 탈의 시스템은 자살행위였다.

"그것보다 벌칙으로 벗는다는 미타니의 발상이 정말 극혐인걸."

"아하하, 남자는 다들 이런 법이에요."

"린타로, 그 정도로 해둬. 나가세가 지금 이상으로 남자

231

를 싫어하게 될지도 모른다고.”

“그럼 꼴지가 모두의 앞에서 우스꽝스러운 표정을 짓는 건 어때?”

“그것도 그냥 싫은데요…….”

쇼마의 제안으로 정말 기분 나쁜 벌칙이 설정되었고 도둑 잡기가 시작되었다.

처음에는 수영 팬츠 한 장 차림인 남자들에게 혐오감을 보이던 아이리였지만 어지간히 벌칙이 싫었던 모양인지 누구보다 진지하게 도둑 잡기에 몰두했다.

그렇게 게임은 계속되었고,

“좋아, 내가 1등이네.”

쇼마가 화려하게 가장 먼저 끝내고,

“아, 저도 끝났어요.”

린타로도 깔끔하게 승부를 결정지었다.

“크윽…… 왜 이기지 못하는 거지?”

“나가세는 꽤 얼굴에 드러나는 타입이니까.”

“잘난 척은 저에게 이기고 나서 하세요!”

“바라던 바야. 나가세의 우스꽝스러운 얼굴이 지금부터 기대되는데.”

케이키는 하트 3을 남겨둔 상태였고

아이리가 들고 있는 패는 2장, 즉 조커는 그녀가 소지하고 있었다.

여기서 케이키가 페어를 뽑으면 나가세 혼신의 우스꽝스러운 얼굴을 볼 수 있었다.

"그럼 운명의 카드는 어느 쪽일까?"

일단 오른쪽 카드로 손을 뻗었다.

"……"

"흐음……."

다음으로 왼쪽 카드로 손을 뻗었다.

"읏!"

"호오?"

아주 살짝이지만 그녀의 표정이 움직이는 걸 케이키는 놓치지 않았다.

고지식한 성격의 아이리는 어지간히 포커페이스가 서툰 모양이었다.

불쌍했지만 승부의 세계는 비정한 것.

피도 눈물도 없는 악마 교과는 망설이지 않고 왼쪽 카드를 잡았다.

"아, 저기……키류 선배? 그쪽은……."

"후하하하하하! 우리들 앞에서 부끄럽고 우스꽝스러운 얼굴을 보여줘야 할 것 같은데!"

"그쪽은 안 돼에에에에!!"

벌칙에 겁먹고 울상이 된 후배가 손에 든 패에서 수영 팬츠 남학생이 승리로 이어지는 카드를 뽑아든 바로 그때―.

"너희들……대체 뭐 하는 거야?"

"""""아……."""""

우연히 들렀던 오키타 선생님에게 들키고 말았다.

"……참 나, 무슨 일인가 했더니. 사정은 알겠지만 학교에서 바보 같은 짓도 적당히 하도록 해. 그리고 남학생들은 얼른 옷을 입고."

그 자리에서 남자들을 정좌시키고 반라에 이르게 된 사정을 전부 들은 오키타 선생님은 질린 듯 말하고 교실을 나갔다.

선생님의 퇴실 후, 수영 팬츠 보이즈가 느릿느릿 일어났다.

"정말— 굉장한 일을 겪었어."

"저, 선생님 앞에서 정좌하는 건 처음이었어요."

"나도 처음이야."

세 명의 남학생이 각자 불만을 토로하고 있는데,

"……풉."

일련의 사건들을 보고 있던 아이리가 갑자기 웃음을 터뜨렸다.

"나가세?"

"……큭, 후후……우후후…….."

수영 팬츠 차림으로 맞게 된 설교 장면이 어지간히 마음에 든 모양인 걸까.

어떻게든 참으려고 한 것 같았지만 한 번 빠진 웃음 포인트에서 빠져나오는 건 어려웠다.

"수영 팬츠 차림으로 정좌해서 설교를 듣다니……후훗, 정말 바보 같다니까."

아이리의 미소에 남자들 사이에서도 웃음이 흘러나왔다.

그렇게 웃어주다니, 발 벗고 나선 보람이 있었다.

세 명의 남학생과 즐겁게 교류한다는 오늘의 목표는 무사히 달성되었다.

◇

화요일 방과 후. 도서실에서 책을 빌린 케이키는 그 길로 학생 현관을 향해 걸었다.

"……응?"

현관 로비 근처에서 남녀가 말다툼하는 목소리가 들려 걸음을 멈췄다.

"나가세? ……그리고 저건 1학년 남학생인가?"

시선의 끝에는, 자판기 앞에서 미간에 주름을 짓고 있는 아이리와 2명의 남학생이 대치하고 있었다.

남자들은 머리를 세우고 교복을 풀어헤친 좀 불량해 보이는 인상이었는데, 세 사람은 뭔가 옥신각신하고 있는 것 같았다.

"대체 무슨 일이지?"

그들에게 들키지 않도록 접근해 신발장 뒤에 숨어 상태를 지켜보았다.

"분명 빈 캔으로 캐치볼을 한 건 우리가 잘못했다고 생각해. 하지만 그렇다고 그렇게까지 말할 건 없잖아."

키가 크고 닭벼슬 머리를 한 남학생이 그렇게 말하자,

"이렇게 보여도 우리 의외로 마음은 여리다고."

키가 작고 가는 눈의 남학생이 주장했고,

"흥, 그런 경박한 외모로 섬세하다니, 좀 웃긴데."

아이리가 도발적인 대사를 내뱉었다.

"……혹시 또 나가세가 너무 말을 심하게 한 건가?"

그 대화만으로도 대충 사정을 이해할 수 있었다.

아무래도 남학생들의 매너 위반 행위에 아이리가 주의를 준 것 같은데 그 말투가 좀 과했던 모양이다.

"……쳇, 이제 됐어. 정말 나가세는 귀엽지 않다니까."

"맞아, 맞아. 성격이 너무 세서 상대할 수가 없어."

2인조는 불평을 늘어놓으면서 그 자리를 떠났다.

당연히 그들의 대화는 그녀에게도 들렸겠지.

"……그런 말 안 해도 알고 있거든…… 내가 귀엽지 않다는 것 정도는……."

그렇게 중얼거리며 눈가를 닦는 아이리.

여기서도 그녀의 어깨가 떨리고 있다는 걸 알 수 있었다.

"이제 싫어……어째서 난 잘 안 되는 걸까……."

"……."

그런 아이리에게 케이키는 말을 걸 수 없었다.

어떤 말이 그녀를 위로할 수 있을지 알 수 없었기 때문에.

그날 밤, 식사와 목욕을 끝낸 케이키는 방에 틀어박혀 책상 위에 빌려둔 책과 노트를 펼치고 작업을 진행했다.

그 뒤에서는 미즈하가 침대에 엎드려 긴장을 푼 상태로 오빠의 만화책을 읽고 있었다.

특별히 용건이 없어도 여동생이 방에 머무는 일은 자주 있는 일이었다.

오빠가 바쁠 때는 방해하지 않도록 얌전히 있어 주는 것도 그녀의 장점이었다.

다만, 너무 조용하다는 걸 깨달았을 때는─

"아……또 미즈하가 잠들어 버렸네……."

이렇게 오빠의 침대에서 잠드는 일도 적지 않았다.

"내 동생이지만 여전히 무방비하다니까……."

시계를 보니 시각은 오후 11시를 넘어가고 있었다.

휴식도 할 겸 자리에서 일어난 오빠는 침대에 걸터앉아 사랑하는 여동생의 뺨을 꾹꾹 눌렀다.

시스터 콤플렉스인 오빠에겐 지친 마음을 힐링시켜주는 더없이 행복한 시간이었다.

"으……음……오빠……."

"오, 잠꼬대로 오빠라고 말했어. 대체 어떤 꿈을 꾸고 있는 거지?"

"부끄러우니까…… 오빠도…… 벗어."

"잠깐만…… 진짜 어떤 꿈을 꾸고 있는 거야?"

수면 중인 의붓여동생 입에서 수상한 단어가 튀어나왔다.

그 이후 미즈하는 웬일인지 뺨을 붉게 물들이고 애가 타는 듯 꼼지락거리기 시작했다.

"아…… 오빠의…… 굉장해……."

……뭐가?

대체 뭐가 굉장하다는 거지?

"하웃…… 안 돼, 그렇게…… 거기까지는 너무 부끄러우니까……."

"스토오오오오옵!!"

이 이상은 안 된다.

순간적으로 그렇게 판단한 오빠는 큰 소리로 수면을 방해하며 여동생을 꿈속 나라에서 강제적으로 퇴거시켰다.

"으응? ……어라? 오빠?"

"일어났어? 수상한 잠꼬대를 해대던데 대체 어떤 꿈을 꾸고 있었던 거야?"

"뭐……?"

몸을 일으킨 여동생에게 물어본 순간 그녀는 얼굴을 화아악 붉게 물들였다.

좀 주저하는 기색을 보여주면서 띄엄띄엄 그 내용을 고백했다.

"저기, 그러니까…… 밖에서 오빠에게 전부 벗겨지는 꿈……이었어……."

"상상 이상으로 편집적이네……."

설마 하던 야외 탈의 플레이.

그런 파렴치한 꿈을 꾸고 있을 줄이야, 여동생의 장래가 점점 진심으로 걱정되었다.

"자, 잠은 자기 방에서 자도록 해."

"네에."

아직 반쯤 꿈속에 있는 것 같은 느릿느릿한 대답.

침대에서 내려온 그녀는 출구로 걸어가 방문을 열다가 뒤를 돌아보았다.

"오빠도 너무 열심히 하지 마."

"그렇게 할게."

"그럼 잘 자."

"그래, 잘 자."

케이키가 좋아하는, 안심이 되는 미소를 보여주며 그녀는 방을 나갔다.

남겨진 케이키는 침대에서 내려와 책상 위에 놓인 노트에 손을 올렸다.

"열심히 하지 않을 수는 없지……."

뇌리에 떠오르는 건 방과 후에 본 아이리의 우는 얼굴.

그녀는 이전, 남자들은 생각을 읽을 수 없는 우주인 같은 존재라고 말했었다.

아이리는 과거의 트라우마 때문에 남자를 무의식적으로 무서운 존재라고 생각하고 있었다.

남자가 싫어서 대치하기만 해도 긴장하고.

겁내고, 경계하고, 자신의 마음을 지키기 위해 자신도 모르게 폭언을 늘어놓고 마는 것이다.

그리고 상대를 상처 입혔다는 사실을 후회하며 결과적으로 자기 자신도 상처 입고 만다.

이래서야 완전히 악순환이었다.

"……좋아. 조금만 더 생각해보자."

아이리의 트라우마를 완전히 없애버리는 건 어려울지도 모른다.

그렇다면 적어도 그녀가 이 이상 상처 입지 않을 수 있도록 내가 할 수 있는 걸 할 수 있는 범위에서 해주고 싶었다.

◇

이사장 방문 전날.

점심시간에 아이리는 혼자 학교 건물을 어두운 얼굴로 걷고 있었다.

"……하아, 드디어 내일인가……어제도 남자들을 화나게

해버렸는데, 정말 나로 괜찮을까……?"

어제의 실패를 떠올리면 울적해졌다.

케이키에게 협력을 의뢰하고 남자에게 익숙해지기 위한 트레이닝을 거듭하고는 있지만 그 엉터리 특훈이 효과가 있을지 불안을 지울 수 없었다.

그래도 반라의 남자들과 트럼프를 할 수 있을 정도로는 됐으니 전혀 헛수고는 아닐지도 모르지만……

"또 이상한 특훈을 생각하지 않았으면 좋겠는데……."

그 상급생은 가끔 진심으로 이상한 걸 생각해냈다.

수영 팬츠 한 장의 남자들은 이제 등장하지 않았으면 좋겠다는 게 솔직한 감상이었다.

그런 경계를 하면서 그 빈 교실 안으로 들어갔다.

교실 안에는 이미 의자에 앉은 케이키의 모습이 보였다.

"키류 선배?"

"……"

모습은 보였지만 불러도 대답이 없었다.

그 이유는 교관에게 다가가자 일목요연해졌다.

"잠들었네……"

그는 책상에 엎드려 기분 좋게 잠들어 있었다.

"정말, 본방이 내일로 다가왔는데…… 어라?"

눈에 들어온 건 책상 위에 올려둔 한 권의 노트.

그 표지에는 매직으로 문자가 쓰여 있었는데ㅡ.

"'나가세 조교 일기'라니……이게 뭐야?"

그냥 지나칠 수 없는 타이틀에 아이리는 노트를 손에 들고 펼쳐보았다.

"이건……."

거기에는 아이리의 남자 혐오를 고치기 위한 플랜이나 고찰이 쓰여 있었다.

실시한 특훈 메뉴나 그 결과에 더해 아이리의 반응 등도 상세하게 기록되어 있었다.

게다가 가장 마지막 페이지에는 방금 작성한 것 같은 '이사장님용 대책안'이라는 게 항목별로 쓰여 있었다.

『긴장하지 말라고 해도 무리인 것 같으니 긴장을 풀 방법이 필요할 것 같다.』

『고전적인 방법이지만 상대를 호박이라고 생각하는 것도 괜찮을지 모른다.』

『좋아하는 걸 떠올리며 의식을 다른 곳으로 돌리는 것도 하나의 방법. 나가세의 경우 백합 망상이 효과적이려나?』

『상대와 눈이 마주치면 긴장하는 경우, 눈이 아니라 미간을 보는 것도 좋을 듯.』

『아무리 해도 안 될 때는 수영 팬츠 보이즈를 떠올려.』

등등, 한 페이지를 통째로 할애한 대책안 항목은 꽤 많은 수에 달했다.

꽤 시행착오를 겪은 듯 몇 번이나 고쳐 쓴 흔적이 있었다.

그것뿐만이 아니었다.

열린 그의 가방 안에는 '남성공포증 치료법' '커뮤니케이션이 서툰 당신에게' '원활한 인간관계 구축 방법' 등 몇 권의 책이 들어 있었다.

"전부…… 나를 위해?"

케이키는 여기 온 지 몇 분밖에 지나지 않았을 것이다.

그 짧은 시간에 잠들 정도로 그는 지쳐 있었다.

분명 밤에도 자지 않고 안내역 대책을 생각해준 거겠지.

"정말, 이 사람은……."

구기대회 때도 그랬다.

고양이에게 팬티를 빼앗기고 난감해하고 있었을 때 이 사람은 자신을 도와줬다.

보답도 바라지 않고 손을 상처투성이로 만들면서까지 고양이에게서 팬티를 되찾아주었다.

"난 굉장히 귀엽지 않은 후밴데……."

남자에겐 공격적이고 억지웃음 한 번 보이지 못하고 잠시 이야기를 나눈 것만으로 상대를 화나게 해버리는

그런 귀엽지 않은 후배에게도 그는 손을 내밀어주었다.

아마 너무 사람이 좋아서 자신이 손해를 보는 타입일 것이다.

나가세
조교 일기

그리고 분명 그 자신은 손해를 보고 있다고 생각하지 않겠지.

"나에게 부족한 건 이런 부분일 거야……."

지금까지는 남자를 화나게 만들지 않는 방법만 생각했다.

하지만 그것만으로는 안 될 것 같았다.

화나게 만들지 않는 게 아니라 기쁘게 해주지 않으면 안 되는 것이다.

그거야말로 이 사람이 자신에게 해준 것처럼—

"자, 시간이 없으니까 얼른 일어나세요. 안 일어나면 코를 꼬집어버릴 거예요."

"허억?! ……응? 뭐야? 나가세?"

"자, 오늘도 힘을 내서 특훈을 해봐요!"

"그전에 코! 코를 놓아줘!! 코, 코를 꼬집으면 안 되에에에에!!"

……이런 말을 본인에게는 절대로 할 수 없겠지만.

이 이상한 상급생이 아이리는 꽤 마음에 들었다.

일주일 동안 트레이닝을 거듭해 만반의 준비를 하고 맞이한 결전의 날.

"키류 선배 덕분에 무사히 이사장님의 안내역을 맡을 수 있었어요."

방과 후 건물 한켠, 완벽하게 집회 장소로 변한 빈 교실에서 맞은편 의자에 앉은 아이리가 기쁜 듯 결과를 보고했다.

"아무 일도 없어서 다행이야."

"네에, 몇 번인가 폭언을 토해낼 뻔했지만, 간신히 참아 냈어요."

"비교적 아슬아슬했구나……."

그렇게까지 말하곤 문득 깨달았다.

"하지만 그럼 어떻게 마지막까지 참아낸 거야?"

"실은 이사장님을 키류 선배라고 생각하고 이야기했거든요."

"그게 무슨 뜻?"

"키류 선배는 긴장하지 않고 이야기할 수 있는 몇 안 되는 남자니까요. 역시 이사장님을 호박으로 생각하는 건 무리라서 키류 선배라고 생각했더니 그 정도로 신경을 쓰지 않게 되고 마음이 편해졌어요."

"뭔가 미묘하게 말투가 좀 걸리는데……."

"게다가 수영 팬츠 차림으로 선생님한테 혼나는 선배를 떠올렸더니 웃음이 흘러나와서 긴장이 날아가 버리고, 일석이조였어요."

"그렇다면 나도 수영 팬츠 차림이 된 보람이 있었네."

"뭐, 저의 남성 혐오가 다 나은 건 아니지만요."

"그래도 한 발 전진한 건 확실하잖아."

싫어하는 남자를 상대로 용케 최선을 다한 것 같다.

이 상태로 조금씩 극복해간다면 정말 남성 혐오를 고칠 수 있을지도 모른다.

"키류 선배, 이번에는 정말 고마웠어요. 무사히 일을 끝낼 수 있었던 건 선배 덕분이에요."

"아니야. 나도 임시 임원일 때 일을 많이 배웠고, 여러 가지로 신세를 졌으니까."

"하지만 선배는 부비를 갚은 순간 바로 그만둬버렸잖아요."

"그거야 뭐, 처음부터 그런 약속이었으니까."

"시호 선배나 아야노 선배는 아쉬워했어요. 그리고 덧붙여서 미타니도."

"나가세는?"

"글쎄요, 어떨까요?"

농담 섞인 말투로 아이리가 말했다.

바로 부정하지 않는 걸 보면 희망은 남아 있다고 믿고 싶었다.

"그만둔 녀석이 무슨 말을 하는 거냐고 느끼겠지만, 걱정했어. 학생회는 바쁘니까 내가 없어지면 곤란하지 않을까 하고."

"딱히 곤란하진 않아요. 키류 선배가 오기 전에는 4명이

서 일을 해냈었고 선배가 없다고 해도 전혀 문제없어요."

"그것도 그런가?"

사실인데도 분명하게 그런 말을 들으니 왠지 좀 씁쓸했다.

"하지만…… 마음 내킬 때라도 괜찮으니까 가끔은 학생회실에 찾아와주세요. 차 한 잔 정도라면 드릴 수 있어요."

"뭐……?"

미소 짓는 아이리가 내뱉은 그녀답지 않은 대사에 엉겁결에 말을 잃어버린 상급생.

왜냐하면 그건 케이키에게 천변지이와도 같은 사건이었으니까.

"나가세가── 드디어 부끄러워하게 된 건가?!"

"따, 딱히 부끄러워하는 거 아니거든요!"

얼굴을 붉히며 당황한 듯 항의하는 나가세.

"좋아, 그럼 오늘부터 매일 학생회실로 출근하도록 할게."

"좀 상냥하게 대해줬다고 우쭐해 하지 말아요! 이러니까 남자들은!"

쑥스러워하는 후배의 화내는 모습까지 포함해서 충분히 만끽했다.

역시 나가세는 츤데레가 잘 어울린다고 생각했다.

"이건 너무 심해……."

11월도 중순이 된 어느 날 방과 후.

케이키가 서예부 부실을 방문했을 때 부실 내에서는 광기 어린 파티가 펼쳐지고 있었다.

"우후후, 내가 생각해도 잘 쓴 것 같아."

사유키는 '평생 애완동물의 삶'이라는 작품을 쓰며 펫이 되고 싶은 소망을 작렬시키고 있었고

"아핫, 조금 더 있으면 왕자님이 완전히 타락할 거예요 ♪"

유이카는 논리 코드에 저촉될 법한 그림책을 그리고 있었고,

"크으……큭큭큭큭큭큭큭. 정말 멋진 소재야! 여자라고 생각했던 후배가 실은 남자라는 걸 알고 의식하기 시작하는 케이크! 쇼우토에 의한 거듭되는 행위로 그에게 심취해있던 케이크였지만 젊은 남자의 몸이 풍기는 신선한 매력에 거역하지 못하고 자신보다 훨씬 몸집이 작은 소년에게 깔리는 걸 좋아하게 되는 거지!"

전날 '미타니×키류'라는 새로운 소재를 얻은 마오는 신작 원고에 매진하고 있었고,

"이 각도라면 오빠가 흥분해줄까?"

미즈하는 스마트폰을 한 손에 들고 과격한 셀카를 연구하

느라 여념이 없었다.

그런 느낌으로.

최근 서예부는 완전히 예전과 같은 변태들의 소굴로 돌아오고 말았다.

"나가세가 처음 찾아왔을 때가 가장 평화로웠을지도 몰라……."

풍기에 엄격한 아이리에게 부원들의 성벽이 알려지지 않도록 '변태금지령'이 내려졌고 부실이 안전지대로 변했던 그 무렵이 그리웠다.

(중단했던 '탈·변태 계획'을 진행하고 싶은데 솔직히 이제 온갖 계책을 다 써버린 느낌이 들어…….)

과거에 여러 가지를 시험해봤지만 어떤 작전도 실패로 끝났다.

하지만 그녀들을 갱생시키지 않는 한 케이키는 연인을 만들 수 없을 것이다.

만약 케이키가 연인을 만든 경우, 케이키에게 집착하고 있는 변태 소녀들이 방해할 것이기 때문이다.

"나도 귀여운 여자친구를 갖고 싶은데……."

아직 보지 못한 미래의 연인에 대해 이것저것 생각하며 케이키는 한숨을 내쉬었다.

그리고 악몽에서 시선을 돌리듯 발길을 돌렸다.

"어머, 케이키, 어디 가는 거야?"

"볼일이 생각나서 잠깐 학생회실에."

"그래? 그럼 난 주인님을 위해 몸을 깨끗하고 하고 기다릴게."

"그럼 다녀오겠습니다."

"하앙?! 그 거친 무시에 사유키는 몸이 오싹거려!"

상대를 하는 게 귀찮아서 무시했더니 기뻐하는 불가사의.

차갑게 대하면 흥분하는 변태를 곁눈질하며 케이키는 부실을 뒤로 했다.

교실 건물 3층, 복도 막다른 곳에 있는 학생회실.

한 달 정도 다녔던 옛 보금자리를 찾아가 교실 문을 노크한 케이키였지만 기다려도 안에서는 응답이 없었다.

"……어라? 아무도 없는 건가?"

방과 후 학생회실에 사람이 없는 건 드문 일이었다.

그렇게 생각하면서 문손잡이에 손을 올렸는데 문은 잠겨 있지 않았고 쉽게 문이 열렸다.

"뭐야, 있잖아."

아무도 없을 거라고 생각했던 학생회실에는 한 명의 여학생이 있었다.

중간 길이의 웨이브 머리를 한 어른스러운 소녀.

아름다운 다리는 타이츠로 감싸고 있었는데, 이쪽도 연상여성의 매력을 자아내고 있었다.

의자에 걸터앉은 그녀는 귀에 이어폰을 꼽고 진지한 표정으로 손에 든 휴대 게임기를 조작하고 있었다.

그래서 노크에 답이 없었구나.

"그러고 보니 타카사키 선배는 게임이 취미였었지."

우리 학교의 학생회장, 타카사키 시호는 자타가 공인한 게이머라고 했다.

임시 임원으로 첫 출근을 했던 날 그녀의 자기소개에서 들었다.

"그건 그렇고 굉장한 집중력이네……."

침입자를 전혀 눈치채지 못한 상태.

꽤 열중하고 있는 것 같아서 말을 거는 게 망설여졌다.

방해하지 않도록 살금살금 시호에게 다가가 뒤에서 게임 화면을 들여다보니 보스로 보이는 거대한 드래곤에게 여성 기사가 덤벼들고 있었다.

드래곤의 체력 게이지를 보니 슬슬 전투는 종반.

하지만 빈사 상태가 된 드래곤이 최후의 힘을 쥐어짜 저항했고 시호가 조종하는 캐릭터와 그 동료들을 괴롭혔다.

"크윽, 이 녀석…… 끈질긴데."

혼잣말을 중얼거리며 그녀가 조작하는 손에 힘을 더 주었다.

그리고── 드래곤이 토해낸 불꽃을 피한 여성 기사가 드디어 최후의 일격을 보스의 이마에 가했다.

"해냈다!"

열띤 싸움을 제압하고 게임기를 한손에 든 채 주먹을 불끈 쥐는 시호.

"하아~ 드디어 쓰러뜨렸다~."

긴장에서 해방되어 이어폰을 뺀 학생회장님이 '으―음'하고 크게 기지개를 켜는데―.

"―응?"

그제서야 등 뒤에 서 있던 남자의 존재를 눈치챘다.

"케, 케이키?!"

"수고 많으셨어요, 타카사키 선배."

"잠깐, 응? 언제부터 거기에?!"

"방금 왔는데 선배가 게임을 하고 계셔서……."

"아……."

후배에게 지적을 당한 시호가 서둘러 게임기를 뒤로 숨겼다.

"때, 땡땡이치고 있었던 게 아니야!!"

"게임 정도는 딱히 괜찮지 않아요? 한숨 돌리는 겸 잠시 한다고 해도 아무도 화내지 않아요."

"아니, 하지만 학생회장으로서의 위엄이 있으니까……."

"아아, 게임기를 숨기는 모습은 위엄은커녕 어린애 같던데요."

"저, 정말! 선배를 놀리지 마!"

어린애처럼 화를 내며 볼을 크게 부풀리는 상급생.

완벽해보이지만 의외로 친해지기 쉬운 타입이었다.

그런 모습이 다른 임원들로부터 사랑을 받는 이유겠지.

"내 불찰이야……다들 나가고 없어서 당분간 아무도 오지 않을 거라고 생각했는데…….."

"타카사키 선배, 정말 게임을 좋아하시는군요."

"그래. 뭐랄까, 달성감이 있는 게 좋아. 꾸준히 노력해서 레벨을 높이고, 시간을 들여 강한 보스를 쓰러뜨릴 때 '해냈다'는 느낌……이해가 돼?"

"네에, 이해가 돼요. 저도 게임을 하고 있으니까요."

"정말? 그럼 다음에 시간이 맞으면 같이 할까?"

"좋아요."

혼자서 느긋하게 플레이하는 게임도 좋지만 누군가와 함께 하는 게임 또한 즐거운 법.

"것보다 케이키는 왜 학생회실에?"

"아, 그랬죠. 이걸 갖고 왔어요."

가방에서 한 장의 프린트를 꺼내 그녀에게 전했다.

"아, 벌써 썼구나. 바로 확인해볼게."

임시 임원이라고 해도 그만두게 될 땐 서류 제출이 필요한 듯했다.

전날, 아이리에게서 이사장님 안건 보고를 받았을 때, 그녀를 통해 제출용 서류를 건네받았었다.

"……응, 좋아. 미흡한 점은 없는 것 같아."

"다행이네요."

"하지만 정말 그만두는구나. 사실대로 말하면 케이키가 학생회에 남아줬으면 좋겠다고 생각했는데."

"똑같은 말을 후지모토에게도 들었어요."

정식 학생회 임원이 되어줬으면 좋겠다는 말을 들었을 때는 놀랐지만 기뻤다.

일은 힘들지만 누군가의 도움이 된다고 생각하면 보람도 있었고.

서예부 멤버와는 또 다른 의미로 개성적인 임원들과의 교류도 나쁘지 않았다.

함께 수영장 청소를 하고, 문화제 준비를 열심히 하고, 작은 노력을 거듭해 큰 이벤트를 성공시켰다.

그때의 카타르시스는 시호가 말한 게임과 통하는 게 있을지도 모른다.

꾸준히 쌓아 올린 게 성취되는 감각은 꽤 멋진 것이었다.

"뭐, 고등학교 생활을 어떻게 보내든 그건 그 사람의 자유니까. 한 번밖에 없는 청춘을 후회하지 않도록 최대한 즐겨야지."

"청춘……."

그녀의 말대로 청춘은 한 번뿐이었다.

끝나버린 고등학교 생활은 두 번 다시 되찾을 수 없다.

후회하지 않기 위해서라도 최대한 아쉬움이 남지 않도록 보내고 싶었다.

"케이키는 뭔가 하고 싶은 게 있어?"

"저는……."

물론 있다.

오히려 그 바람을 이루기 위해 서예부로 돌아갔다고도 말할 수 있었다.

"전 사랑을 하고 싶어요."

"사랑?"

"가능하면 재학 중에 연인을 만들어서 그 아이와 청춘을 구가하고 싶어요. ……뭐, 여러 가지 사정이 있어서 좀 어렵겠지만요."

"흐음……?"

서예부 변태 소녀들을 갱생시키고 방해꾼을 배제하지 않으면 연인을 만들어봤자 파국으로 치닫게 될 미래가 훤히 눈에 보였다.

순조롭게 '탈·변태 계획'이 성공했다고 해도 우선 상대가 없으면 어떻게도 할 수 없다는 최대로 어려운 문제가 기다리고 있었고…….

연애 난민이 새삼스럽게 연인 찾기에 어려움을 통감하고 있는데 갑자기 시호가 자리에서 일어나 고민하는 후배의 정면으로 다가갔다.

"타카사키 선배……?"

가까운 거리와 코를 간질이는 달콤한 향기에 가슴이 두근거렸다.

상대의 행동 속에 담긴 의도를 파악하지 못한 채 당황하는 케이키에게 평소처럼 그녀는 말했다.

"저기, 케이키는 연상의 여자를 좋아해?"

"오히려 아주 좋아하는데요."

"게임을 좋아한다면 나랑 취미도 맞는 거지?"

"네? 뭐, 그렇긴 하죠."

"그럼 만약 케이키만 괜찮다면―."

몇 가지 질문을 거듭한 후, 그녀는 마지막으로 폭탄 같은 대사를 내뱉었다.

"우리, 사귀지 않을래?"

후기

※스포일러를 포함하고 있으니 본편을 아직 읽지 않으신 분은 주의해주십시오.

이렇게 '귀여우면 변태라도 좋아해주실 수 있나요?'도 7권을 맞이했습니다.

이번에는 문화제 편이었고 케이키가 서예부를 지키기 위해 동료들과 분주하게 뛰어다니는 내용이 그려졌습니다만 어떠신가요?

문화제라는 이유로 평소와 다른 분위기 속에서 몇 명의 조연들이 등장했습니다.

조연들이라고 해도 묘하게 개성적인 캐릭터들뿐이었던 것 같습니다만 유난히 제 인상에 남는 건 문화제 실행위원장.

변태 좋아 시리즈는 매회 주인공이 지독한 일을 당하지만 7권에서 가장 지독한 일을 경험한 건 틀림없이 그 학생이겠죠.

고백한 상대가 여장을 한 린타로였다니, 정말 딱하지 않나요?

그리고 위원장에게 트라우마를 심어준 린타로 본인은 난죠의 마수에 걸려 BL 책의 새로운 캐릭터 모델이 된다는 카오스.

새로운 커플링이 탄생하고 서예부 멤버들 사이의 유대를 더 깊이 다지고 이러니저러니 여러 가지 일이 펼쳐졌던 7권이었습니다.

문화제 편은 어느 쪽인가 말한다면 청춘의 색이 강했기 때문에 다음 회에는 마음껏 러브 코미디를 휘두르고 싶습니다.

등장인물도 늘어났으니 다양한 연애 형태를 그려볼 생각입니다.

그럼 마지막이 되었지만 여기서 중대 발표를.

이번에 무려 변태 좋아 TV 애니메이션화가 결정되었습니다.

서예부 멤버가 TV 화면에서 움직이고 말하게 됐답니다.

많은 독자 여러분들께서 애니메이션화를 원한다고 말씀해주셨기 때문에 이런 보고를 할 수 있는 게 굉장히 기쁘답니다.

애니메이션화 기념으로 7권은 일러스트를 크게 증량했습니다만 이번에 마음에 든 부분은 여자부원들의 속옷 차림을 그린 컬러 그림이었습니다. 정말 멋지다는 말밖에 (변태).

드라마 CD, 코미컬라이즈에 이어 만반을 준비를 하고 발표를 하게 되었습니다만 이것도 시리즈를 지지해주신 여러분 덕분이라고 생각합니다.

애니메이션도 원작도 더욱더 많은 분들이 기뻐해주실 수

있도록 최선을 다할 테니 앞으로도 응원 잘 부탁드립니다.

그럼 다음에는 8권에서 만나요.

하나마 토모

KAWAIKEREBA HENTAI DEMO SUKI NI NATTE KUREMASUKA? Vol.7
©Tomo Hanama 2019
First published in Japan in 2019 by KADOKAWA CORPORATION, Tokyo.
Korean translation rights arranged with KADOKAWA CORPORATION, Tokyo.

귀여우면 변태라도 좋아해주실 수 있나요? 7

2019년 8월 1일 1판 1쇄 발행
2019년 9월 14일 1판 1쇄 발행

저   자 하나마 토모
일러스트 sune
옮 긴 이 심희정
발 행 인 유재옥
본 부 장 조병권
담당편집자 정영길
편집 1팀 정영길 김민지 조찬희 이성호
편집 2팀 김다솜
편집 3팀 박상섭 김효연 임미나
디 자 인 강혜린 박은정
라이츠담당 박선희 이슬비
디 지 털 최민성 박지혜
발 행 처 ㈜소미미디어
제 작 처 코리아피앤피
등   록 제2015-000008호
주   소 서울시 마포구 토정로222, 403호 (신수동, 한국출판콘텐츠센터)
판   매 ㈜소미미디어
마 케 팅 한민지 한주원
물   류 허석용 최태욱
전   화 편집부 (070)4164-3962, 3963 기획실 (02)567-3388
              판매 및 마케팅 (070)4165-6888, Fax (02)322-7665

ISBN 979-11-6389-789-7 04830
ISBN 979-11-6190-647-8 (세트)